냉이가 아빠에게

: 반려인에게 남긴 강아지의 마음

강덕응 지음

이야기
나무

차례

나는 어떤 인간 존재에게도
쪽빛 천국이 약속되어 있다고
믿지 않는 유물론자.
하지만 나의 개에게는 아니 세상의 모든 개들에게는
천국이 있다고 믿는다. 그렇다, 난 천국에
들어가지 못하겠지만, 그는 부채 같은
꼬리 흔들며 날 기다릴 것이다

- 파블로 네루다, 『네루다 시선』, 「개가 죽었다」 중에서

냉이의 말 ──────────

나는 강아지로 살고 강아지로 죽었다. 내가 마지막 숨을
몰아쉴 때, 아빠는 내 머리를 쓰다듬으며 미안하다는 말을
몇 번이나 반복하셨다. 심지어 엄마는 서운한 게 있으면
다 풀라는 말씀까지 하셨다.

나는 넘치는 사랑을 받았다고 생각하는데 뭐가 미안하셨
을까? 그 순간 생각했다. 생각이 정리되는 대로 내 마음을
전해드리자. 엄마 아빠와 함께 나의 삶을 되짚어 보자.

이 글이, 바로 그 결과물이다.

비록 글을 읽고 쓸 줄은 모르지만 나는 사람의 언어를 이
해할 수 있다. 생각 또한 머릿속에 또렷하다. 이 글은 내
생각을 아빠에게 세세하게 들려주어 이야기로 쓰게 한 것
이다. 내가 아빠의 도움까지 받아 가며 이 글을 쓴 이유는
고마움 때문이다. 엄마 아빠의 온전한 사랑에 대한 고마움
말이다.

두 번째는 마지막 어리광을 부리고 싶어서이다. 나의 투정
은 언제나 벌이 아니라 상으로 되돌아왔으니까(이번엔 어
떤 상을 주실지 기대가 된다).

무엇보다 가장 큰 이유는 아빠 엄마가 나에 대해 가지고 있는 자책감을 없애 드리고 싶어서이다.

엄마 아빠는 나를 강아지로 대하지 않으셨다. 입는 것, 먹는 것, 자는 것, 무엇에서도 나는 차별받지 않았는데 엄마 아빠는 왜 그런 생각을 하시는 걸까. 미국 시인 '메리 올리버'의 표현을 빌리자면 "개가 늙는 것을 본인의 의지 부족, 사랑의 부족"으로 인식하기 때문에 스스로를 자책하는 것이 아닐까 싶다. 그럴 필요가 없는데도.

지금부터 15년 5개월 동안의 나의 삶, 내가 가졌던 생각과 우리 가족과의 일화를 듣고 판단해 보시라.
나는 행복한 강아지였나?
엄마와 아빠가 비난받을 일이 있는가?

1장
생과 사

"냉이는 이제
여기 살지 않아요."

마지막 날, 새벽

2023년 1월 12일, 나는 죽었다.

이 사실을 먼저 말하는 이유는, 그래야 앞으로 풀어놓을 이야기에서 거짓을 말할 필요가 없을 뿐 아니라, 이 이야기가 진짜 내 생각과 말임이 분명해지지 않을까 해서이다.

나는 죽기 일주일 전부터 곡기를 끊었고, 마지막 이틀은 물도 마시지 않았다. 스스로 죽기로 결심한 것은 아니었지만, 안 먹기로 마음을 먹은 건 나였다. 왠지는 모르겠지만 그렇게 하는 게 순리라는 생각이 들었다. 하지만 그렇게 오래 먹지 않아도 변과 오줌은 매일 나왔다. 솔직히 좀 놀랍고 당황스러웠다.

죽기 3시간 30분 전인 새벽 2시, 마지막으로 대소변을 보러 패드가 있는 거실로 나갔다(뒤에 다시 한번 자세히 이야기하겠지만 정말 힘들게 걸어갔다). 그러나 용변을 본 후 그 자리에 주저앉아 일어설 수 없었다. 변 범벅이 되어 당황한 나를 아빠가 얼른 욕실로 안고 가서 깨끗이 목욕시켰다. 힘들었지만 평소 아빠와 약속한 자리에서, 약속한 자세로 털까지 모두 말린 후 아빠 침대에 누웠다. 이유는 몰랐지만 침대 위에는 새로 빤 깨끗한 이불이 한 겹 더 깔려 있었다. 한 시간 후부터 내 체온이 조금씩 내려가기 시작했다. 아빠는 내게 이불을 덮어주고 옆에 앉아 내 몸에 손을 얹고 계셨다.

얼마 후, 내가 마지막 말(분명 말이었다)을 하려 하자 아빠는 엄마를 조용히 부르셨다. 옆방에 어린 조카가 자고 있어서 정말 조용히 부르셨다. 놀란 눈으로 들어오신 엄마가 이내 상황을 판단하고 내 옆에 앉으셨다. 평소엔 그렇게 과묵하시던 엄마가 위로와 사랑의 말씀을 쉬지 않고 들려주셨고, 아빠는 눈물이 죽은 이에게 떨어져서는 안 되는 법이라며 고개를 들어 천장을 보며 우셨다. 눈물을 흘리면서도 아빠의 손은 연신 내 몸을 쓰다듬고 있었다.
그렇게 엄마의 말씀과 아빠의 손길 속에, 나는 눈을 감았다. 새벽 5시 30분이었다.

그날 오후 재가 된 나는 작은 도자기에 담겨 다시 집으로 돌아왔고, 집 거실 중앙 콘솔 위에 누워 있다. 이미 한 달이 지나 이 글을 쓰는 지금까지도 내 물그릇, 밥그릇은 매일 새로 채워지고 엄마 아빠는 외출할 때 나에게 '냉이야! 다녀오마!'라고 인사를 하고 나가신다.

나로 산다는 것

죽고 나서야 이런 생각이 들었다.
'난 내 생을 나로서 살았는가?'

"… 개는 내내 주인을 따라가지만 언제나 주인과 같은 방향으로 걷는 것은 아니다… 이 겨울의 개는 우리가 흔히 예술이라고 부르는 것의 정신이다."
– 황현산, 『밤이 선생이다』, 「겨울의 개」 중에서

나는 어떤가. 언제나 주인과 같은 방향으로만 걸었던 건 아닐까? 나에게 조금 더 너른 들이 주어지고 내가 조금만 이리저리 어지러이 걸었다면, 엄마 아빠의 삶에는 예술적 면모가 더해졌을까? 나는 더 나다웠을까?

하지만 사람을, 가족을 좋아하는 것이 나의 본성이었고 그 본성에 충실히 따랐으니 잘못된 것은 없다는 생각이 든다. 내내 주인과 같은 방향으로 걸었는지는 모르겠지만 나는 주인을 엄마 아빠라고 부를 수 있었고, 생일을 꼬박꼬박 챙겨주는 형이 있었고, 아빠 무릎을 독차지할 수 있었고, 강원도 산에서 제주도 바다까지 누벼 봤으니 나름 행복한 삶이었다고 생각한다. 아니, 온전한 가족으로 인정받고 사는 것이야말로 진정 '나로 사는 것'이 아닐까? 그렇다면 내 삶은 만족스러웠고 나는 나로 살았다고 말할 수 있을 것이다.

다만 시간이 너무 빨리 흐른 것 같아 조금 아쉽기는 하다. 꼬리 몇 번 흔들고, 땅에 코를 박고 몇 번 킁킁거린 것뿐인데 벌써 늙어 있었다.

2장
가족을 만들다

"엄마는 활짝 웃었고,
나는 꼬리를 흔들었다."

가족이 된다는 것

2007년 태어난 난 '시츄'로 불렸고 '시츄'로 팔렸다. 다시
말하면 나는 시츄라는 강아지였고, 사고파는 상품이었다.
이게 내가 말하고 싶은 점이다. 내가 상품이었다는 사실이
조금 실망스럽기는 하다. 하지만 뭐, 괜찮다. 결국 좋은 가
족의 일원이 되어 나름 행복한 생을 보낼 수 있었으니까.

"봄은 많은 기적을
불러일으키는 것 같다."

봄과 벚꽃 사이

'내'가 '우리' 가족이 된 건 2008년이었다.

그해 4월 어느 주말, 엄마 아빠는 워커힐 벚꽃길로 드라이브를 가셨다. 차들이 너무 많아 걷는 것보다도 느린 속도로 차는 움직였다. 차 앞 유리에는 벚꽃이 눈처럼 내려앉았다. 긴 벚꽃 터널을 빠져나온 엄마는 벚꽃 비에 흠뻑 취해 있었다. 언덕 위 피자집에서 식사를 하시고 벚꽃 취기에서 채 깨어나지 못한 채 집으로 돌아가시려던 두 분은 전화를 한 통 받았다고 한다. "강아지 키울 생각 없냐?"고.

엄마는 평소 '강아지'라는 말만 들어도 마시던 커피도 다 못 마실 정도로 강아지를 싫어하던 분이셨다고 한다(그리고 두 분은 그때 테이크 아웃 커피잔을 들고 계셨다). 그런데 왜였을까? 봄이라서였을까? 아니면 벚꽃 때문이었을까? 잠시 머뭇거린 엄마가 다음날 날 만나보고 결정하겠다고 했단다. 물론 커피도 돌아오는 길에 다 마셨다. 이것이 내가 들은 놀라운 이야기의 시작이다. 시인 파블로 네루다가 '봄이 벚나무에게 하는 것을 나는 너에게 하고 싶어'라고 노래했듯, 봄은 많은 기적을 불러일으키는 것 같다.

다음날, 소개한 분과 같이 엄마가 내가 기거(아니, 기생이
란 표현이 맞을지도 모르겠다)하던 집으로 왔다. 현관문
에 들어서는 모습을 본 순간 나는 '저분이 우리 엄마여야
만 한다'고 생각했다. 꼬리를 흔들며 다가가, 엄마가 자리
에 앉기가 무섭게 무릎에 올라앉았다.

"어머, 얘 왜 이러니?"라며 모두가 놀랐지만 나는 엄마 다
리에 고개를 묻고 들지 않았다. 그렇게 오랫동안 고개를
들지 않고 가만히 있는 건 8개월짜리 강아지에겐 굉장히
어려운 일이다.

"이름이 뭐예요?"라는 질문에 "없어요."라는 답을 듣고
당혹스럽기도, 머쓱하기도 했던 엄마는 어색하게 내 머리
를 쓰다듬으시며 물었다.

"우리 집에 갈래?"

나는 여전히 고개를 들지 않은 채, 커다란 눈을 껌뻑이며
속으로 말했다.

"이미 '우리'는 '우리'인 거죠?"

너무 행복했다.

그 순간 엄마는 봄이었고, 나는 벚꽃이었다.

'봄과 벚나무 사이에 일어나는 일', 그 결과가 바로 벚꽃
아니겠는가?

저녁에 퇴근하신 아빠는 나를 보자마자 번쩍 안아 올리며
물으셨다.

"너는 어느 별에서 왔니?"

별? 아… 헷갈렸다. 나는 벚꽃인데….

아빠는 나를 품에 안고서 "너에게 호부호형을 허하노라."
라고 말씀하셨다. 뜻은 알 수 없었지만 좋은 말씀인 것 같
아서 나는 아빠 얼굴을 핥아드렸다.

"이미 '우리'는
'우리'인 거죠?"

초보 보호자와 사춘기 강아지

우리 집에 들어서는 순간 나는 드디어 가족을, 집을, 보금
자리를 구했다는 생각이 들었다. 사람도 그렇겠지만 느낌
이라는 게 있지 않은가?

굳이 이유를 설명하자면 봄 햇살이 가득 들어온 거실이
밝아서 좋았고, 특히 거실 중앙에 놓인 넓은 카펫이 마음
에 들었다. 엄마가 품에서 내려놓자마자 나는 카펫 위에
서 뒹굴고 이리저리 뛰고 냄새를 맡았다. 본능대로 한 행
동이었는데 엄마가 보기엔 여기 살겠다는 강한 의지를 표
현하는 것 같았단다.

집에 오자마자 엄마는 용변패드를 펴서 내가 잘 볼 수 있
는 곳에 놓으시며 쉬는 꼭 여기서 해야 한다, 물은 여기,
밥은 하루 두 번, 소파나 식탁에는 올라가면 안 된다는 등
몇 가지 주의를 주셨지만 나는 귀담아듣진 않았다. 여기
선 무엇이든 마음대로 해도 될 것 같은 느낌이 들었다. 하
긴 그때 난 이제 막 8개월 된 혈기왕성한 소년이었고, 내
게 예절을 가르친 (전)주인은 사춘기 중학생이었다.

엄마 아빠는 시츄라는 견종이 있다는 것도 모르는 초보

보호자였다. 나의 당돌함과 실수에 어떻게 대응해야 할지를 모르셨다. 나는 패드에 오줌을 누려고 나름 애를 썼지만 거실 카펫 때문에 너무 헷갈렸다. 카펫에서 뒹굴고 놀다 보면 흥분해서 그 위에 쉬를 싸기 일쑤였던 것이다. 그럴 때면 엄마는 신문지를 말아서 젖은 카펫 바닥을 내리치며 큰소리로 야단을 쳤다. 아빠가 "그렇게 가르치는 거래?"라고 물으면 엄마는 확신 없는 목소리로 답하곤 했다. "인터넷에서 그러던데…."

병원에서도 같은 방식을 권했다는 사실이, 지금 생각하면 충격적이다. 그 즈음 어느 토요일, 병원에 가서 종합검진을 받고 주사를 세 방이나 맞았다. 그런데 주사보다 더 나를 어리둥절하게 한 건 수의사의 말이었다. 왕초보 엄마 아빠에게 수의사는 아주 또박또박 확신에 찬 말투로 나를 조련(?)하는 방법에 대해 이야기했다.

'오줌을 엉뚱한 곳에 눴을 때는 큰소리로 야단을 치되, 물건으로 (이를테면 돌돌 말아 쥔 신문지 같은) 바닥을 탕탕 치면서 하면 효과적이다. 간식은 가능하면 한두 번만 주고, 밥을 줬는데 안 먹을 때는 바로 치워서 배를 굶겨야 한다. (자신이 대장인 줄 알 수 있으니) 소파나 침대 같은 높은 곳에 오르지 못하게 하고, 서열을 분명히 인식시켜야 한다.'

대충 이런 내용이었다.

'하지 못하게 하라' '야단을 쳐라' 같은 말이 계속되자 아빠
가 수의사에게 되물었다.

"그렇게 안 하면 얘가 저에게 막 반말하고 그럽니까?"

"…."

예상치 못한 아빠의 반응에 수의사는 당황했다. 아빠는
"서열이 뒤집히면 생기는 심각한 문제가 뭔가 해서요."라
며 어색한 분위기를 수습해 보려 했지만 수의사의 조언은
거기서 끝났다.

아빠는 당연히 그 수의사 말을 그대로 따르지 않았다. 사
료를 놓아두고 언제든 내가 먹고 싶을 때 먹을 수 있는 자
율 급식 방식을 택하셨고 야단보다는 칭찬을 더 많이 해
주셨다.

수의사가 걱정하던 문제는 생기지 않았다. 그러나 분명히
말하는데 이건 아빠의 방법이 옳아서라기보다는, 내가 아
빠의 마음을 잘 이해해서였다고 말해야 한다. 나는 하루
에 먹어야 하는 양을 꼬박꼬박 먹었고 대소변도 잘 가렸
으며, 아빠 엄마를 실망시키지 않으려고 노력했다.

무례함이 매력이 되는 마법

아빠가 걱정한 반말을 하진 않았지만, 좀 무례하게 군 면은 없지 않았다는 걸 고백해야겠다.

아빠는 말로는 '*아널드 토인비'가 어떻고 '**버트런드 러셀' 할아버지가 어떻고 하면서 복종심과 엄격함이 본인의 교육 철학이라고 큰소리치셨지만, 실제 행동은 '천만의 말씀'이었다. 말하자면 입으론 영국 할아버지들의 교육철학을 말씀하시면서, 행동으로는 조선시대 할머니의 교육법을 따랐다는 뜻이다. 아빠는 내가 보기엔 -할머니들이 그랬던 것처럼-본인의 마른 젖이라도 빨릴 태세였다.

그러니 내가 소파에 올라가 낮잠을 자고, 장난삼아 아빠 손을 물고, 침대에 올라가 침구를 흐트러트리고, 엄마 아빠 대화에 끼어들고, 형에게 말대꾸를 하고, 특히 엄마가 가장 싫어하신 행동임에도 불구하고 식사 중인 아빠 무릎에 올라간 건 당연한 결과일지도 모른다.

---

*아널드 토인비(1889~1975): 영국의 역사가
**버트런드 러셀(1872~1970): 영국의 철학자이자 수학자

이럴 때면 아빠는 "아, 아주 무례한 소년이구만."이라고 한마디 하셨지만, "아직 예의를 알 나이는 아니지."라고 덧붙이시며 내 몸을 마구 쓰다듬곤 하셨다.

무례한 행동은 나이가 들어서도 계속 이어졌지만, 가족들은 이를 나의 귀여움과 매력으로 받아들였다. 참 이상한 일이다. 이러니 만약 아빠에게 상투가 있었다면 내가 물고 흔들었을지도 모를 일이었다.

"가족들은 내 무례한 행동도
귀여움과 매력으로
받아들여주었다."

패드를 찾아서

카펫에 오줌을 싼 건 일종의 실수였다. 카펫의 촉감이 좋아 구르고 놀다 보면 흥분해서 나도 모르게 저지른 실수. 말하자면 '그건 오줌이 아니라 침과 같은 것'이라고 우겼어야지 싶다.

내가 몇 차례 카펫에 오줌을 누자 아빠는 아예 카펫을 치워버렸다. 카펫이 치워진 미끄러운 나무 마루를 걸을 때면 아쉽고 서운한 생각이 들었다. 하지만 좋은 점도 있었다. 카펫이 없어진 뒤로는 강아지 용변패드에 집중할 수 있었기 때문이다. 패드에서 나는 냄새를 기억했다가 용변이 보고 싶을 때는 그 냄새부터 찾았다.

*괄목상대(刮目相對)라고 했던가? '삼 일을 못 보면 눈을 비비고 다시 봐야' 하는 건 선비만이 아니다. 나는 금세 용변을 가리는 영특한 강아지 소리를 들었다. 그럴 때마다 엄마 아빠는 잘했다고 칭찬하며 간식을 주셨다.

---

*士別三日 卽當刮目相對(사별삼일 즉당괄목상대)
: 소설『삼국지』에 나오는 말. 선비는 헤어진 지 사흘이 지나면 눈을 비비고 다시 봐야 한다는 뜻으로, 다른 사람의 학식이나 재주가 깜짝 놀랄 만큼 늘었다는 의미로 쓰인다.

나는 간식 먹을 욕심에 나오지도 않는 오줌을 그야말로 병아리 오줌만큼 누고 간식을 달라고 떼를 쓰기도 했다. 엄마는 패드를 거실, 화장실, 형 방 등으로 이리저리 옮겨 놓으셨지만 내가 누구인가? 나는 한 번도 빠짐없이 패드 위에만 볼일을 봤다.

한 번은 내가 못 알아들을 거라고 생각했는지 우리 집에 놀러 오신 엄마 친구 한 분이 말했다.
"시츄는 좀 멍청하다며?"
엄마가 언짢은 목소리로 응수하셨다.
"똥오줌 가리는 강아지가 제일 똑똑한 강아지 아니에요? 그 집 푸들은 못 가린다면서."
난 속으로 외쳤다.
'엄마 파이팅!'

여기까지 읽었다면 내가 사실을 지나치게 부풀리거나 과장한다는 지적이 나올 것 같기도 하다. 한마디로 내가 좀 흥분했다고 말할 것 같다. 맞다. 사실 이 무렵 나는 흥분상태였다. 그러나 이 글까지 흥분상태로 써서는 안 되겠다는 생각이 드니, 이제부터는 마음을 가라앉히고 차분하게 말하도록 노력해 보겠다.

강냉이와 냉이

내 이름은 '냉이'다. 원래는 '강냉이'다. 엄마가 지어 주셨다. 엄마 주장에 따르면 최초로 성까지 붙여준 강아지일 것이란다. 하지만 거기에는 다른 깊은 뜻이 있다는 걸 나는 안다.

형이 초등학교 다닐 때, 딱 그 수준의 아이들이 형에게 붙여 준 별명이 '강냉이'였다. 강 씨라는 이유였다. 형은 강냉이란 별명을 싫어했고 그 문제로 친구들과 다투기까지 했다. 엄마가 상황을 해결하려고 이런저런 조언을 했지만 초등학생이던 형에게는 어쨌거나 상처였다. 그런데 엄마가 그 별명을 내 이름으로 당당히(?) 붙여준 거다. 잘은 모르지만 형이 강냉이라는 별명을 부끄럽지 않게 생각하게 된 건 이 무렵이었을 거라는 게 내 생각이다.

그런데 문제가 있었다. 나도 강냉이란 이름이 싫었던 거다. 요즘 시대에 뒤떨어진 것 같았다. 그래서 아빠에게 그냥 '냉이'라고 불렸으면 좋겠다는 의사를 여러 번 어필했더니 "집에선 다 냉이라고 부르잖아?" 하신다. 나는 밖에서도 그렇게 불리게 해 달라고 졸랐다. 그 결과 첫 번째와

두 번째로 다닌 병원에는 내 이름이 강냉이로 기록되어 있지만, 세 번째 다닌 병원부터는 '냉이'로 등록되어 있다. 나중에 반려동물등록제가 생기자 아빠는 날 '냉이'라는 이름으로 등록해 주셨다.

나는 내 이름 '냉이'가 좋다. '냉이'라는 소리가 좋다. 엄마 아빠가 "냉이야~" 하고 부를 때면 그 소리가 마치 노래처럼 들려서 춤을 추어야 할 것 같은 기분이다. 좀 과장하자면 '냉이'라는 소리가 세상 끝까지 날아갔다가 세상에서 가장 예쁘고 좋은 것에만 반사되어 내 귀에 닿은 느낌이 들었다.

딱 한 가지 불만이라면, 아빠가 "냉이야~" 하면 우리 집 IPTV 음성인식 스피커가 "네!" 하고 대답하는 거…. 어이가 없다.

완전범죄는 어려워요

어이없는 짓은 나도 많이 했다. 그럴 때 날 야단치는 건 늘 엄마의 몫이었다. 그러나 내가 혼날 짓을 하게 된 데에는 엄마 책임도 있다는 게 내 생각이다.

내가 아주 어릴 때 일이다. 당시 엄마가 식탁 위에 형 간식거리를 뚜껑만 덮어 올려놓는 경우가 많았다. 엄마도 진짜 시츄가 머리가 안 좋다고 생각하신 건가? 죽을 먹어 본 적은 없지만, 식탁 위로 올라가는 것은 내게 식은 죽 먹기였다.

나는 아무도 없을 때 식탁에 올라가 고구마 하나를 후딱 해치우곤 했다. 물론 잘못된 행동이란 건 알았다. 가슴이 찔려서 엄마 아빠가 들어오시면 얼굴을 똑바로 바라볼 수가 없었다. 뭐라고 하신 것도 아닌데 얼른 인사만 하고 내 집으로 들어가 조용히 누워 있곤 했다. 물론 두 분이 내 소행을 눈치채는 데는 그리 오랜 시간이 걸리지 않았다.

진짜 큰 사고는 식구들이 고기를 구워 먹은 날 벌어진다. 뒤처리 한 키친타월이 든 주방 쓰레기통은 아무리 뚜껑을 잘 덮어도 유혹적인 냄새를 뿜게 마련이다. 식구들이 모두 외출하기 무섭게 쓰레기통을 넘어뜨리고, 뚜껑을 열어 내용물을 뒤질 수밖에 없을 만큼. 냄새만 맡아도 좋았지만 가끔 고기 부스러기라는 횡재를 만나는 경우도 있었다.

아… 그런데 문제가 있었다. 쓰레기통을 뒤지고 나면 주방과 거실에 기름 발자국을 한가득 찍게 되는 것이었다. 정신 차리고 보면 내 눈에도 이건 심각했다.

이런 날에는 외출했던 엄마를 맞이하는 나만의 노하우가 있다. 엄마가 들어오는 소리가 들리면 중문 앞에 서서 머리가 거의 땅에 닿을 정도로 숙이고 -눈은 절대 마주치면 안 된다-꼬리만 흔들어 댄다. 그러면 엄마는 "이놈, 뭔 잘못을 저질렀구나?"라며 집 안을 살피신다.

잠시 후 상황을 파악한 엄마의 불호령이 내린다. 그땐 '장화 신은 고양이'처럼 불쌍한 표정을 짓는 게 최고다.

그런데 한 번은 되려 엄마를 웃겨드린 적도 있다. 발단은 엄마가 홍시를 만들려고 거실 창 쪽에 늘어놓은 감이었다. 며칠이 지나자 감은 먹음직스럽게 물러져 있었다. 나는 눈에 들어온 제일 잘 익은 놈을 먹기 시작했다. 그야말로 꿀맛이었다.

문제는 먹고 난 다음이었다.

'자, 이제 이걸 어떻게 숨긴담?'

조심스럽게 걸어 나와 발바닥에 묻은 감을 싹싹 핥아먹고 바닥에 난 발자국도 혀로 핥아 지웠다. 저녁이 되어 엄마 아빠가 들어오시는 소리가 나자 아주 당당히 현관까지 나가서 "어서 오시라고" 꼬리를 흔들었다. 그런데 문을 열고 들어오신 엄마가 나를 보자마자 외치셨다.

"너 뭘 먹은 거야?"

아차… 입 주변이 감으로 잔뜩 물들어 있었던 거다. 거울을 봤어야 하는 건데!

야단치실 줄 알고 잔뜩 긴장했는데 감을 세어 보신 엄마가 오히려 깔깔깔 웃으신다. "우리 냉이 대단하다, 감쪽같이 흔적을 지웠네!" 하시면서….

아빠가 웃으면서 한 마디 거드신다.

"우리 냉이가 천재이긴 한데, 허당 끼가 있다니까."

그렇게 완전범죄는 한 번도 성공한 적 없는 것 같다.

시츄의 비극

승냥이가 늑대를 낳고, 늑대가 울프독을 낳고, 울프독이 개를 낳고, 그중 어느 개가 라사압소를 낳고, 라사압소가 페키니즈를 만나 사자개를 낳고, 그 사자개가 새끼를 낳고 낳아 점점 주둥이가 짧아진 시츄가 나왔다. 이게 내가 들은 우리 조상의 이야기다.

욕심 많은 중국 황실 사람들은, 얼굴은 사자를 닮았으나 고양이보다 얌전하고 송아지보다 온순하며 어린아이보다 애교 많은 개를 원했고, 그 결과 개와는 다른 생물로 봐야 한다는 소리를 듣는 우리 시츄가 생겨났다.

하지만 시츄로 사는 건 만만치 않다. 나는 호흡에 어려움을 겪어야 했고 잘 때는 심하게 코를 골았다. 다행히 엄마 아빠는 코 고는 모습도 귀여워하셨지만 내 입장에선 비극이다. 주둥이가 짧다는 것은 비유하자면 얼굴에 수건을 얹고 물을 살짝 뿌리고 사는 것과 같다. 일종의 물고문과 같다고 보면 된다.

실제로 목욕할 때 코로 물이 쉽게 들어오기도 했다. 그것만이 아니다. 큰 눈은 자주 상처 입기 십상이며 눈물도 많이 흘리고, (나의 불뚝 성질 때문이긴 했지만) 미용 서비스를 받다가 오른쪽 눈알이 빠진 적도 있다. 피부에는 또 뭐가 그렇게 많이 생기는지 피부병을 달고 살아야 했는데, 심지어 그 때문에 전신마취를 하고 수술을 두 번이나 받았다. 이빨은 부정교합으로, 특히 늙어서 음식을 먹는 게 쉽지 않았다.

평생을 환자로 산 기분을 상상해 봐라. 그건 나에게나 엄마 아빠에게나 힘든 일이었다.

시골 개의 아픔

아빠와 엄마는 고향 큰댁 가족들을 각별히 생각해 매우 가깝게 지내셨다. 내가 식구가 되고 일주일 후에는 큰아버지와 큰엄마에게 인사를 드려야 한다고 데리고 가실 정도였다. 나를 본 큰아버지는 머리를 만지며 "귀엽게 생겼구나." 하셨지만, 그보다 "강아지는 십 년밖에 못 산다는데…."라며 내 어린 나이에 어울리지 않게 뒤에 올 이별에 대한 걱정을 더 길게 하셨다.

하지만 나의 큰댁 방문은 그 후 다시 이루어지지 않았다. 가장 큰 이유는 내가 거절했기 때문이었다. 나는 시츄의 아픔과는 비교할 수 없는 '개의 아픔'을 목격했고, 다시는 그걸 볼 자신이 없었다.

큰댁에도 개가 있었다. 그 개는 이름도 없었고, 산책을 한 번도 하지 못하고 365일 줄에 매여 있었다. 겨울에도 밖에서 잠을 잤다. 집안에 발을 들여 본 적은 단 한 번도 없다고 했다.

내가 아빠 품에 안겨 집안으로 들어가는 걸 그 개는 놀란 듯 (내가 보기에 그랬다) 바라봤고, 거실에서 노는 나를, 아빠 무릎에 앉은 나를 보며 낑낑 소리를 냈다. 자기도 집안에 들어오고 싶다는 건지, 아니면 내 냄새를 한 번 맡아보고 싶다는 건지 알 수 없었지만, 나는 왠지 그 개와 눈을 마주칠 자신이 없었다. 다만 이런 생각이 들었다.

'저 큰 개는 무슨 생각을 하고 있을까?'
'왜 저 큰 덩치에 줄을 끊고 도망치지 않을까?'

집으로 돌아오기 전, 아빠가 나를 그 개 앞에 내려놓았다. 혹시 개가 내게 화를 내지 않을까 겁이 났지만 기우였다. 개는 큰 꼬리를 흔들고 나를 핥으며 반겨 주었다. 그 혀에 몸을 맡긴 채 난 생각했다. 이 개를 다시 볼 수는 없겠다고, 큰댁에 와도 집에 들어갈 수는 없을 것 같다고….
마을을 벗어나는 동안 개 몇 마리와 더 마주쳤다. 모두 묶여 있었고, 모두 같은 목소리로 컹컹 짖었고, 똑같이 구덩이가 몇 개씩 파인 개집 옆 바닥이 바위처럼 반질거렸다.

마을 입구 할머니 할아버지 묘소에 절을 마친 아빠께 말씀드렸다.
"아빠, 저는 시골이 싫어요."
그렇게 나의 큰댁 방문은 한 번으로 끝났다.

이제야 말하는, 나의 비밀 이야기

나는 생모에 대한 기억이 전혀 없다. 엄마 젖을 빤 기억도 없다. 어디서 태어났는지, 며칠 만에 엄마 품에서 떨어졌는지 전혀 모른다. 아무도 말해 주지 않았다. 이게 슬픈 일인 건지, 아닌 지도 모르겠다.

그러나 내 첫 주인은 기억난다. 엄마 아빠는, 엄마가 나를 데려온 집이 나의 첫 가족이었다고 알고 있지만 사실 그 집은 두 번째 집이다.

아주 어릴 때(정확히는 알 수 없다) 난 수족관 어항 같은 데서 일주일가량 보낸 기억이 있다. 내 옆, 위, 아래에 비슷한 또래 강아지들이 꼬물거리고 있었다.

어느 날 나는 어항에서 꺼내어져 작은 승합차에 태워졌다. 한참을 달려 도착한 곳은 어느 아파트였다. 엘리베이터를 타고 올라가 어느 집으로 들어갔다. 세 식구가 사는 집이었다. 엄마, 아빠 그리고 아들. 그들이 나의 첫 주인이었다. 거기서 나는 '레오'라는 이름으로 불렸고 세 식구 모두 나를 좋아했다.

첫 주인은 예쁜 집과 장난감을 주었고, 필요한 예방주사도 모두 맞혀 주었다(그래서 나중에 엄마 아빠가 나를 데려가 맞힌 주사 중에서는 필요 없는 것도 있었다). 좀 부끄러운 얘기지만 중성화 수술도 했다. 어린 내가 뭘 알았겠는가? 주인이 하자는 대로 맡기는 수밖에⋯. 그런데 얼마 지나지 않아 그 집 아들이 나를 싫어하기 시작했다. 냄새가 많이 난다는 이유였다.

"인터넷에서 산 게 잘못이지, 직접 눈으로 보고 골랐어야 하는 건데⋯."

두 번째 주인은 첫 번째 집 아들의 친구였다. 사춘기 중학생은 엄마 아빠 의견을 들어보지도 않고 나를 집으로 데려갔다. 그 집 엄마는 나를 극도로 싫어했다. 아들이 학교 가고 나면 나는 방에서 나갈 수조차 없었다. 엄마는 빨리 다른 데로 보내지 않으면 날 내다 버리겠다고 아들을 협박했다.

당연히 이름 같은 건 없었다. 그 집 엄마가 나를 지칭하는 말은 '개새끼'였다. 얼굴이 슬퍼 보여서 싫고 한쪽 눈이 흰자위가 없어 이상하다고. 그렇게 두 번째 집에서 나는 나의 단점을 추가로 알게 됐다.

중학생 아들이 내게 해 준 건 작은 공 하나가 전부였다. 그렇게 2개월을 버틴 것도 사춘기의 힘이 아니었으면 어려웠을 것이다.

아빠가 좋아, 엄마가 좋아?

인간의 애정은 잘 모르겠지만 '개의 애정'의 특징은 완전
함에 있다. 더 큰 특징은 완전하면서도 하나가 아니라는
것이다. 나는 우리 가족 모두에게 완전한 애정을 주었고
그만큼의 사랑을 되돌려 받았다.

아빠와 나

내가 보기에 한국은 좀 소란스럽다. 거리도 소란스럽고, 사람도 소란스럽고, 심지어 건물 간판도 소란스럽다. 식당, 놀이공원, 심지어 병원이나 학교도 소란스럽다.

아빠는 이런 소란을 너무나 싫어하신다. 모임에 나가는 걸 꺼리고 노래방을 '극혐'하시는 게 그래서이다. 평소에 -시인 백석이 주창한-'묵(黙)하는 정신'을 강조하시는 아빠는 나와도 묵언의 대화를 즐기신다. 나는 아빠의 무릎에 앉아 아빠가 잊고 있던 것, 내가 생각하는 것을 아빠에게 전하고, 아빠가 뭔가를 물으시면 눈을 살며시 감고 답하기도 한다. 이때 아빠의 무릎뼈는 훌륭한 모르스 부호 송신기이다. 내 뜻이 전해지면 아빠는 "요런 맹랑한 녀석을 봤나" "맞는 말이다" 혹은 "참 좋은 생각이다" "재미있네" 하며 머리를 쓰다듬으신다. 이렇게 가족 중에서 나와 가장 많은 대화를 나눈, 그리하여 나의 생각과 행동을 가장 잘 이해한 아빠와 함께 나의 '자서전'을 정리하는 것은 어찌 보면 당연한 일이 아닐 수 없다.

참, 무릎 얘기가 나와서 하는 말이지만 아빠 무릎은 언제나

"아빠는 나와
    묵언의 대화를 즐기셨다."

내 차지였다. 아빠가 소파에 앉아 TV를 볼 때는 물론, 책 읽으실 때도, 운전할 때도, 사람들과 대화를 나눌 때도 나는 아빠 무릎을 고집했다. 아빠 무릎은 가장 아늑한 쉼터이자 잠자리였다. 식사시간에 아빠가 식탁에 앉으면 나는 쏜살같이 달려가 무릎에 뛰어올랐다. 그러나 버릇없이 행동하지는 않아서, 아빠가 식사하시는 동안 신사답게 머리를 숙이고 앉아서 기다렸다. 나의 이런 올바른 행동을 아빠는 밥을 다 드신 후 간식으로 보상해 주셨다.

흥분은 나의 본성인가 보다. 차분하게 말한다고 했는데, 여전히 좀 꾸며낸 말처럼 들리지 않을까 걱정이다. 하긴 나는 흥분 잘하는 '시츄'니까.

아빠와 나 2

아빠는 수족냉증이 심해 이불 속에서도 손발이 차다. 심지어 올해는 급작스럽게 한파가 오면서 소화가 안돼 고생하시기도 했다. 겨울이 되면 아빠와 엄마는 실내 온도를 놓고 티격태격하신다. 아빠는 "냉이가 추워하잖아."라며 내 핑계를 대시지만 사실은 본인이 추우신 거다. 나는 하나도 춥지 않다.

초저녁, 이불 밖 아빠 발끝에서 자던 나는 새벽이 되면 아빠 어깨 쪽 이불을 발로 툭툭 치며 신호를 보낸다. 이불 속으로 들어가겠다는 신호다. 그러면 추워서 깊은 잠에 들지 못한 아빠가 "왜, 추워?" 하면서 이불을 들어 올려 주신다. 이불 속으로 들어가 아빠 가슴에 기대어 누우면 아빠가 나를 꼬옥 안으신다. 그렇게 서로 몸을 기대고 자다 보면 잠시 후 아빠의 체온이 올라가는 걸 느낄 수 있다.

아빠는 주무시다가도 가끔 깨서 "냉이 추웠어?" 하고 다시 물으신다.
"아빠, 아빠가 추우신 거잖아요….."
대답 대신 아빠 턱을 한 번 핥아드렸다.

"아빠와 함께 자면
나는 춥지 않다."

엄마와 나

나의 구원자이신 엄마. 엄마는 우리 집 대장이다.

아빠와 엄마, 두 분의 주장에 따르면 큰 결정은 아빠가, 작은 결정은 엄마가 하신다고 하는데, 내가 15년을 같이 살아보니 큰 결정이란 건 애초에 없다. 그냥 다 엄마가 결정하신다. 그러니 대장 맞다.

첫 만남에서는 봄이라고 생각했는데, 알고 보니 엄마는 여름, 아니면 겨울이다. 매사에 분명하게 행동하는 걸 좋아하신다는 뜻이다.

나에 대해서도 마찬가지다. 엄마는 날 너무 사랑하시지만 잘못된 행동은 용서하지 않으신다. 아빠가 나를 너무 예뻐만 한다고, 버릇을 잘못 들인다는 게 엄마의 생각이다.

하지만 엄마는 사랑이 아주 많은 분이다. 엄마가 사랑을 표현하는 방법은 뜨개질이다. 계절마다 형수들에게 철에 맞는 가방을 떠 주시고, 가까운 친척에게도 가방, 목도리, 모자 등을 떠서 선물하신다. 엄마의 뜨개 작품은 인기가 많다. 그런데 그 뜨개 선물을 처음 받은 건 나였다(날 제일 사랑하신 게 틀림없다). 엄마는 내게 옷도 몇 벌 떠 주시고,

"엄마의 뜨개 선물을
가장 처음 받은 건 나였다."

이불도 떠 주시고, 방석도 떠 주셨다. 엄마가 뜬 내 겨울옷
은 털 모자에 방울 모양의 하얀 단추까지 달려서, 보기엔
마치 명품 아동복 같았다. 그 옷을 입고 산책 나가면 왠지
다른 강아지들이 부러워하는 듯한 느낌을 받곤 했다.

그런데 여기서 비밀 한 가지. 처음 떠 주신 옷은 사이즈가
안 맞아서 산책하기에 조금 불편했다. 하지만 엄마의 사랑
을 생각하면 싫은 내색을 할 수가 없었다. 다행히(고맙게
도) 아빠가 내 마음을 읽고 방으로 데리고 들어가 당신이
사 오신 옷으로 몰래 갈아입혀 산책을 나갔다.

"엄마가 너무 좋긴 한데… 조금 무서워요."
작은 목소리로 속삭였더니, 아빠도 허리를 굽혀 얼굴을 내
귀 가까이 대고 말씀하신다.
"아빠도 그래."
"….."

엄마와 나 2

네 식구 모두가 휴대전화를 하나씩 가지게 되면서 집전화를 쓸 일이 크게 줄었다. 하지만 집전화를 당장 없애기도 쉽지 않았다. 시골 큰엄마, 작은 고모, 그리고 외할머니를 비롯한 외가 쪽 어르신들이 우리 집에 연락하실 땐 꼭 집전화로 하셨기 때문이다. 전화벨이 울리면 엄마나 아빠를 찾아가 빨리 받으라고 재촉하는 건 내 즐거움 중 하나였다.

그런데 집전화를 없애기로 했다. 물론 엄마가 내린 결정이었다(엄마가 대장이니까). 엄마가 새로 일을 시작하면서 나 혼자 집에 있는 시간이 길어졌는데, 그때 전화가 오면 내가 스트레스를 받는다는 게 이유였다.

그건 사실이 아니었다. 처음 전화가 왔을 때 어찌해야 할지 몰라 우왕좌왕했던 건 맞다. 그렇지만 시간이 지나자 무시하고 계속 내 일(주로 먹거나 자는 거)을 할 수 있었는데….

"냉이가 전화 노이로제 걸릴지도 몰라."

그 노이로제라는 것이, 방송에서 자주 언급되는 스마트폰 중독과 같은 건가? 잘은 몰랐지만 엄마가 내린 결정이니 분명 잘한 결정일 것이라고 생각했다.

두 형과 나

나와 제일 많이 교감한 건 아빠지만, 날 무조건적으로 가장 예뻐한 건 큰형이다. 아빠가 퇴근하는 건 승용차 소리로, 형의 귀가는 형의 발소리를 듣고 알 수 있었다.

형이 아파트 1층 입구에 들어오는 소리가 들리면 현관 앞에 달려가서 기다렸다. 형은 그런 내 모습을 영상에 담으려고 문밖에서부터 카메라를 켜고 들어오는 경우가 많았다. 기대에 부응하려고 나도 멋진 포즈를 고민했다. 고민 끝에 취한 포즈는 형이 사 온 장난감을 물고 기다리는 것이었다. 사실 그 장난감은 형이 아니라 지금의 형수(당시 여자 친구)가 사준 것이었기에, 그걸 물고 있으면 형이 더 좋아할 것 같단 생각이었다.

큰형과 나는 형 방에서 다른 식구들 모르게 비밀 대화를 나누었다. 나는 주로 장난감과 간식에 대해서, 형은 여자 친구 자랑을 하는 식이었다. 그랬던 형이 취업하고 분가한 게 너무도 서운했다.

형이 집을 나간 후 매일 한 번 이상 형 방에 들어가서 낮잠을 잤다. 꿈에서라도 형을 만나고 싶어서였다(물론 자주 만날 수는 없었다). 가끔 형이 집에 오면 난 다른 식구에게는 하지 않는 스킨십을 형에게 퍼부어 댔다.

비록 분가했지만 난 내가 형과 항상 연결되어 있다고 생각했다. 형도 그랬던 것 같다. 내가 죽었다는 소식을 듣고 형은 당장 회사를 조퇴하고 달려와서 눈물을 쏟았다. 형이 너무 울어서 내가 다시 살아났으면 좋겠다는 생각이 들 정도였다.

그리고 작은형.
작은형은 어려서부터 까치발로 걷는 버릇이 있었다. 집에서나 길에서나 뒤꿈치를 들고 걸어 신발도 앞꿈치가 더 빨리 닳곤 했다. 날 속이려는 것이었을까? 실제로 작은형 발소리는 웬만해선 들을 수가 없었다.
장난감과 간식도 사오고 자주 놀아주는 큰형과는 달리, 작은형은 나를 툭 치며 "잘 지내냐?" 묻는 게 전부다. 그래도 내가 제일 잘 생겼다는 주장을 가장 강하게 하는 건 작은형이다.
"형! 형이 그렇게 시크한 척한다고 내가 형 마음 모를 거 같아?"

가족 마음 훔치기

방법은 조금씩 다를지언정 가족들의 마음을 얻는 건 내게 너무도 쉬운 일이다. 이를테면 시크한 척하는 작은형에겐 한 발짝 떨어져 꼬리를 흔들어 준다. 그러면 형은 "뭐, 원하는 게 뭔데?"라며 퉁명스럽게 말하지만 마음은 이미 나에게 넘어온 상태다. 시선은 다른 곳에 둔 척하지만 손은 내 머리를 만지고 있다.

심한 스킨십을 싫어하시는 엄마에겐 옆에 앉아 살짝 몸을 기댄다. 엄마 체온은 아빠보다 2도는 높은 것 같다. 살짝만 기대도 온기가 엄마의 마음과 함께 전달된다.
"냉이 맛있는 거 해줄까?"
이 말씀으로, 난 엄마 마음 상태를 확인할 수 있다.

큰형은 다르다. 큰형은 나를 보면 무조건 안아 올린다. 이때 나는 형의 손과 얼굴을 마구 핥아 댄다. 그러면 형은 내 사생 팬이 되어버린다. 분가 이후 형이 우리 집에 올 때마다 현관문 앞으로 마중을 나갔다. 그러면 형이 나를 안고, 나는 형의 얼굴을 핥는 과정이 반복됐다.

"냉이야, 뽀뽀~"

이 말은 아빠가 턱을 핥으라는 소리다. 나는 얼른 달려가
아빠에게 뽀뽀를 퍼붓는다. 그런데 아빠 마음을 가장 많이
뺏는 방법은 따로 있다. 누워 계실 때 가만히 옆에 앉아 내
머리를 아빠 가슴 위에 얹는 것이다. 그러면 아빠는 내 머
리를 꼬옥 안고 흐뭇한 미소를 지으신다.

"이렇게 가슴에 안기는 건 어디서 배우셨나?" 하시면서.

"아빠 마음을 가장 많이 뺏는 방법은
누워 계실 때 가만히 옆에 앉아
내 머리를 아빠 가슴 위에 얹는 것이다."

3장
행복한 기억들

"냉이는 공리주의자이고
쾌락주의자야!"
"완전 인정!"

냄새

"쟤들은 왜 저렇게 땅바닥에 코를 끌고 다니니. 시골 개나 도시 개나 똑같네."

우리가 가족이 된 지 얼마 안 되어 나를 보러 온 외할머니께서 하신 말씀이다. 이 말씀에 나는 좀 당황했다. 냄새 맡는 게 부끄럽게 생각되기도 했다.

하지만 개의 코는, 사람의 눈과 귀와 코와 혀와 손을 합친 것과 같은 역할을 한다. 냄새를 맡는 건 세상을 읽는 가장 확실한 방법이다. 할머니에게 이 말씀을 드렸어야 하는데 그땐 내 생각이 정리가 안 되어 있었다.

아쉽다.

냄새의 즐거움

나의 감각 중에 마지막까지 온전히 기능한 것은 후각이
다. 열두 해를 넘기면서 나는 소리를 들을 수 없었고 눈도
잘 보이지 않았지만, 냄새로 길을 찾고 먹이를 먹었으며
엄마와 아빠와 형을 구분했다.

모든 개가 그렇겠지만 내 생은 냄새 맡는 즐거움으로 살
았다고 해도 지나치지 않다.
먼저, 침이 나오게 하는 냄새가 있다(난 침을 흘리지 않으
려고 꽤 많은 노력을 한 편이다). 먹을 것에서 나는 냄새에
는 어떤 굴욕도 감수하게 하는 마력이 있다. 고소한 소고
기 냄새, 닭고기의 들큼한 냄새, 노릿한 양고기 냄새, 새콤
한 오리고기 냄새, 유난히 단내를 풍기는 단호박과 홍시,
시원한 사과 냄새, 아빠 엄마의 수고로움을 느낄 수 있었
던 고구마의 깊은 냄새까지….

나는 냄새로 세상을 만나고 자연과 사랑을 느꼈다. 그리
고 사색했다. 땅속부터 나는 미끌미끌한 지렁이 냄새에
서 땅의 기운을 느끼고, 산책길에서 만나는 잣나무의 끈
적거리는 냄새를 통해 내 영역을 가늠했으며, 노인정에서

구수한 이야기와 함께 넘어오는 커피 냄새로 상상력을 키우고, 감국 꽃에서 풍기는 노란 가을 냄새에서 쓸쓸함을 느꼈다. 그런가 하면 핑크색으로 가장한 까칠까칠한 엉겅퀴 냄새에서 조심성을 배우고, 조용하지만 무게 있는 계곡 물 냄새에서 자연의 깊은 이치를 생각하고, 아빠 엄마의 주말농장을 마구 파헤친 못된 멧돼지 이빨 냄새에서 분노를 느꼈다.

그리고 무엇보다 우리 가족에게서만 나는 따뜻하고 사랑스러운 냄새가 있다. 아빠의 너그러운 냄새, 엄마의 달고 다정한 냄새, 형들의 건강한 냄새….
아, 지금도 그립다. 엄마 아빠의 냄새가.

냄새의 괴로움

냄새 이야기는 나의 고통에 대한 이야기로 이어질 수밖에 없다. 내 삶에서 가장 큰 문제는 내 몸에서 나는 냄새였기 때문이다(두 번이나 파양 당한 이유이기도 했다). 산책하고 나면 비린내까지 겹쳐 반드시 목욕을 해야 했는데, 첫 병원에서 강아지는 2주에 한 번씩만 목욕시키는 게 좋다는 말을 들었던 아빠는 산책과 목욕 사이에서 늘 깊은 고민에 빠졌다.

하지만 목욕하고 이삼일만 지나면 다시 온몸에서 냄새가 났다. 오죽하면 냄새 때문에 나를 가까이하지 않으려는 사람들도 있었다.

가족들은 사랑으로 내 냄새를 감싸 안았다. 냄새에 따른 거리는 사람마다 달랐다. 아빠는 '개코'라는 별명에 걸맞게 냄새에 민감한 분이었다. 그런데 나와의 거리는 가장 가까웠다. 잠까지 같이 잤으니까 말이다. 아빠와의 동침은 침대 끄트머리에서 시작됐지만 난 점점 침대 중앙, 이불 속으로 옮겨갔다. 심지어 침대 중앙을 내가 차지하고 아빠는 모로 누워 자야 하는 경우도 많았다. 아빠는 나를 꼭 안고 주무시는 대신 매일 잠옷을 갈아입으셔야 했고.

우리 집 세탁기는 세탁소만큼이나 바쁘게 돌아갔다.

냄새를 없애려고 안 해본 게 없다. 사료를 바꾸고, 병원에서 처방받은 약용 샴푸까지 써봤지만 별로 달라지는 건 없었다.
몇 년 전 획기적인 감기약이 개발됐다고 뉴스에 크게 보도된 적이 있다. 기사를 읽으신 아빠가 너털웃음을 지으며 하시는 말씀.
"획기적이란 게, 치료 기간이 7일에서 6일로 고작 하루 단축된 거라는구나."
병원에서 '강추'한, 내가 마지막까지 썼던 샴푸가 그렇다. 서울대 수의학과가 개발한 그 샴푸를 쓰면 삼사일까지는 냄새가 안 났으니.

그나마 고마워요, 서울대 연구원들….

냄새와 구원

지금부터 할 이야긴 전적으로 아빠가 하신 말씀을 들은 그대로 전하는 것이다. 이 점을 꼭 짚고 싶다. 왜냐하면 이 이야기로 인해 내 나머지 말에 대한 신뢰가 떨어지지 않았으면 해서다.

죽기 일주일 전부터 곡기를 끊은 후로 내 몸에서 나던 냄새가 사라졌다-이건 사실이다-. 아니, 역한 냄새 대신 다른 냄새가 났다.

아빠는 어떻게 이렇게 달착지근한 냄새가 날 수 있냐며 놀라셨다. 이 상태가 며칠간 이어지자 아빠는 엄마에게 침울하지만 확신에 찬 목소리로 말씀하셨다.

"자기야(엄마를 이렇게 부르신다)! 소설 『카라마조프가의 형제들』에서 만인에게 추앙받던 조시마 장로가 죽고 나니 사람들은 어떤 형태로든 신의 응답이 있을 것이라고 기대했잖아. 그런데 하루도 지나지 않아 시신에서 악취가 진동하자 주인공 알료사를 제외하곤 모든 사람들이 당황해서 장로가 하느님의 선택을 못 받은 거라고 의심하고 비난했잖아…. 그런데 봐! 우리 냉이에게선 이렇게 향기로운 냄새가 나네. 아마도 하느님의 선택을 받은 것 같지 않아?

우리 냉이는 꼭 천국에 갈 것 같지?"

천국에 가는데 왜 그렇게 침울한 목소리였는지 모르겠다. 아무튼 내가 듣기에도 비약이 심한 말씀이었지만, 나는 그게 아빠의 간절한 기도였다고 생각한다. 그리고 다행히 죽은 후에도 나에게서 심한 냄새는 나지 않았다고 한다.

하지만 내가 천국에 갔는지는 지금은 알려줄 수 없다.

산책

냄새 맡기가 강아지의 정체성이라면 산책은 '자아 표현의 행동'이다(내가 이런 말을 어떻게 할 수 있겠는가? 이건 아빠 생각을 쓰신 건데 내 맘에도 들어 그냥 넘어가기로 한다).

요일을 알아요

산책은 언제나 흥분되는 일이었다. 내가 처음 집에 왔을
무렵에 엄마는 전업주부였다. 그래서 나는 하루 종일 엄
마와 같이 시간을 보냈다. 그때는 엄마가 산책도 자주 시
켜 주셨다. 하지만 엄마가 일을 시작하면서 나는 낮 시간
대부분을 혼자 보내야 했다. 무척 미안하게 생각하신 아
빠는 당신이 쉬는 날엔 거의 한 주도 거르지 않고 나와 산
책을 나가려고 하셨는데, 그게 대부분 일요일이었다. 그
래서 나는 요일-정확히는 일요일만-을 알게 됐다.

일요일은 집안 공기부터가 달랐다. 좀 늘어진 듯하지만
가벼웠고, 뭔가 끝나는 듯하면서 동시에 시작되는 느낌이
었다. 난 그걸 아주 잘 알았다.
일요일이면 나는 흥분 모드가 됐다. 필요 이상으로 꼬리
를 흔들며 아침부터 아빠를 졸졸 따라다녔다. 아빠가 가
는 곳마다, 심지어 화장실에까지 따라 들어갔다.
이럴 때면 "너 어떻게 일요일을 아냐?"라고 형들이 묻곤
했다. 뭘 그 정도 가지고 놀라는지 모르겠다. 일요일의 흔
적이 한두 가지가 아닌데 말이다. 아빠가 옷을 갈아입으
시면 나는 먼저 현관문 앞에 가서 아빠를 바라보며 빨리

가자고 춤을 췄다.

"냉이야! 목줄 해야지." 하시면 나는 냉큼 아빠에게 달려가 목줄에 스스로 목을 집어넣었다.

15년 동안 대부분 같은 길을 산책했다. 내가 영역 표시를 하는 나무도 정해져 있었는데 일주일 만에 가면 다른 친구들 냄새가 진동했다. 그럴 때마다 생각했다.
'아, 좀 더 시간이 많은 아빠를 선택했어야 하는 건데….'
그래도 일요일이나마 있어 다행이었다.

아, 잊을 뻔했다. 내가 일요일을 안다는 사실을 우리 식구들은 참 신기해하고 자랑스러워했다.

강아지는 주인의 성품을 닮지 않아요

산책길에 종종 다른 강아지를 만났다. 오래 만난 친구처럼 반갑게 꼬리를 흔드는 강아지가 있는가 하면, 사납게 짖거나 물려고 덤벼드는 녀석들도 가끔 있다. 무슨 화가 그리 많아 으르렁대는지는 모르겠지만 (나같이 점잖은 개 입장에선) 참 볼썽사나운 모습이다.

벤치에서 이를 지켜보던 동네 할머니 할아버지도 혀를 차며 말씀하신다.

"개는 주인을 닮는다는데….."

강아지 입장에서 보면, 할머니 할아버지는 영겁의 세월을 사신 분들이니 세상의 모든 이치를 알 것만 같다. 하지만 이 말씀은 꼭 맞지는 않다고 생각한다. 사납게 짖는 개들의 보호자 중에는 성품이 아주 좋아 보이는 사람들도 있기 때문이다. 자기 강아지가 성내는 것을 으스대며 지켜만 보는 사람도 없는 건 아니지만 대부분은 미안해하고, 아주 다정한 말투로 사과한다. 오랫동안 비슷한 상황을 겪어 본 내 생각엔 강아지의 사나움은 환경이나 성향의 문제가 아닌가 싶다.

혹시라도 아빠가 벤치에 계신 할아버지 할머니에게 흉

잡히지 않도록, 나는 다른 강아지나 사람을 봐도 짖거나 싸우려 들지 않고 가능하면 꼬리를 흔들어 주었다. 나이가 들면서는 아예 못 본체 하는 경우가 많았지만, 나에게 인사하거나 귀엽다고 해주는 사람까지 모른 척할 수는 없었다.

이럴 때면 아빠는 말씀하셨다.

"아빠를 닮아서 우리 냉이는 예의가 아주 바르단 말이야."

참내, 아빠, 강아지는 주인 성품을 닮지 않는다니까요.

초안산에서 생각하는 중성화 수술

아빠와 내가 가장 자주 산책한 곳은 초안산이다. 몇 백 번을 올랐는지 모른다. 그다지 높지 않을뿐더러 경사도 완만해 나는 초안산 코스를 아주 좋아한다.

그런데 이 초안산은 내시 무덤 산으로도 불린다. 산을 오르다 보면 곳곳에 무덤과 부서진 *문인석이 보인다. 아빠 말씀에 따르면, 그들도 나처럼 중성화 수술을 받은 이들이란다. 그들이나 나나 짝을 찾을 일이 없었고 당연히 자손도 없다.

그래서일까? 무덤은 제대로 가꿔지지 않은 모습이다. 무덤 위로 길이 나거나, 봉분 가운데 굵은 아카시아 나무가 자란 곳도 있다. 상석 위엔 낙엽이 가득이다.

하기야 그들이 모신 왕조의 종묘사직이 명을 다하고 자손 또한 없으니 당연한 결과라는 생각이 든다. 상궁 개성 박씨 비석이 비웃듯 작지만 오똑 서 있어 그들의 무덤이 더 초라해 보인다.

---

*문인석: 능(陵) 앞에 세우는 문관(文官)의 형상으로 깎아 만든 돌

궁궐과 깊은 인연이 있다는 면에서 그들과 나는 닮았다. 나는 궁을 나와서(정확하게 말하면 우리 조상이 나온 거지만) 나름 행복했는데, 저이들은 궁에서의 삶에 만족했을까? 하고 싶은 말은 다했고, 먹고 싶은 것은 다 먹었을까? 산책은 충분히 했을까? 아니면 이 중에 '**조고'나 '***위충현'을 꿈꾼 사람도 있었을까?

죽은 후에야 그들은 묻고 싶었던 것, 하고 싶었던 말을 쏟아내는 것 같다. 천 명이 넘는 그들의 하소연을 들어주느라 그런지 초안산 진달래꽃은 유난히 색이 바래 흰빛에 가깝다. 백내장 생긴 내 눈으로 본 것이라 자신할 수는 없지만 말이다. 만약 그이들이 불평을 안 했다면 아마 중성화 수술을 해서일 것이다.

이건 분명하다.

**조고(趙高, ?~기원전 207년): 중국 진나라 환관이자 관리. 진시황의 절대적 신임을 받았으나 진시황 사후 그의 장남 부소 등 수많은 사람을 죽게 하고 권력을 휘둘렀다.

***위충현(魏忠賢, 1568~1627): 중국 명나라의 환관 겸 정치가. 명나라 15대 황제 천계제에게 등용되어 각지에 자신의 동상을 직접 만들게 할 정도의 권세를 자랑했다.

닮고 싶은 강아지

산책하다 보면 너무 멋져서 닮고 싶다는 생각이 드는 강아지가 있다. 제일 먼저 떠오르는 건 초안산 정상에 못미처 정자에서 만나는 친구다. 무슨 테리어 종 같은데, 늘 할아버지와 함께 산책을 나온다.

그 할아버지는 정자에 앉아 스피커로 크게 음악을 틀곤하신다. 그 친구를 처음 만났을 때 할아버지가 틀어 놓았던 음악이 폰 주페의 '경기병 서곡'이었다. 할아버지의 음악 취향을 정확히 알 수는 없다. 클래식과 올드팝, 가요, 트로트가 마구 섞여서 나오기 때문이다. 데이비드 보위와 영탁을 이어 들을 수 있다니! 언젠가는 애국가를 틀기도하셨다.

그런데 내가 정말로 말하고 싶은 것은 할아버지 옆의 강아지이다. 강아지는 마치 말을 탄 경기병처럼 버티고 서서 지나가는 사람도, 지나가는 강아지도, 날아가는 새도, 달려드는 날파리도 절대 쳐다보지 않고 오직 앞만 바라보며 음악을 듣는다(듣는 것 같았다). 아, 얼마나 기백이넘치던지.

이런 강아지도 있었다. 덩치가 내 열 배는 돼 보이는 골든

리트리버다. 산책길에서 마주친 소형견이 멈칫거리자 리
트리버는 얼른 그 자리에 앉아 얼굴엔 미소를 띠고, 소형
견이 지나갈 때까지 꼬리를 아주 천천히, 왼쪽 오른쪽으
로 부채처럼 흔들었다. 마치 인자한 어른처럼 말이다(사
실 나보다 열 살은 어린 아우일 것 같은데!). 이 얼마나
품위 있는 모습인가? 이런 모습을 몇 번이나 봤다.

나도 그런 강아지가 되고 싶었다. 기백이 넘치면서도, 인
자하고 품위 있는 강아지 말이다. 그런데 안타깝게도 나
를 무서워하는 강아지는 한 번도 못 만났고, 산책할 때
아빠는 경기병 서곡을 단 한 번도 들려주지 않으셨다.

내 식구 되면 다 예쁘다

아빠가 어렸을 때 맡은 집안일 중 하나가, 소를 데리고 나가 (쇠)풀을 뜯기는 거였다고 한다. 강아지로 말하면 간식을 먹으며 산책하는 것이라고 나는 이해했다. 그때 아빠는 아빠네 소가 동네에서 제일 잘 생긴 것 같았다고 했다. 아빠의 할머니께 그렇게 말씀드렸더니 할머니는 말씀하셨단다. "내 식구 되면 다 예쁜 법이란다."

아빠는 강아지 중에서도 내가 제일 예쁘다고 생각하셨을까? 산책길에서 만나는 사람 중에 나를 예쁘다고 하는 사람은 많지 않았다. 칭찬의 말 대부분은 "아이고, 귀여워."였다.
가끔은 "눈이 왜 그래요?" "시츄치고는 다리가 기네요."
라며 못생긴 걸 은근히 지적하는 사람도 있었다(거참, 오지랖은!).

물론 아빠는 나를 두둔하셨다. 하지만 외모에 대한 아빠의 말씀은 내 머리로 이해하긴 좀 쉽지 않다.
"우리 냉이는 아빠를 닮아서 귀티가 넘치는데 이상하게 사진으론 그 앵글을 찾기가 쉽지 않아. 우리 둘 다 사진보단

실물이 낫지. 허허."

두 형은 확신에 차 있는 것 같다. 늘 '우리 냉이가 제일 잘
생겼다'고 치켜세워준다. 하지만 산책길에서 만나는 강
아지들을 보노라면 형들의 말을 곧이곧대로 믿기는 좀
힘들었다. 식구라서 예뻐 보이는 거겠지? 어쨌든 형들의
그런 말이 듣기 좋았다.

참나무는 없다

'초안산 정상 부근에는 참나무가 많다.'

내가 이렇게 말하면 아빠는 아마 말씀하실 것이다.

"냉이야, 참나무라는 나무는 없어요. 상수리나무, 졸참나무, 갈참나무, 굴참나무, 신갈나무, 떡갈나무… 다 이렇게 이름이 있는데 사람들이 잘 모르니까 도토리만 달리면 다 참나무라고 하는 거지. 널 강아지라고만 부르면 좋겠어?"

아~ 못 말리는 우리 아빠!

다시 말하겠다. 이게 쉬운 해결책일 테니까. 초안산 정상 부근에는 상수리나무가 많다. 그런데 아빠가 제일 좋아하는 나무는 따로 있다. 바로 상수리나무 군락 속에 혼자 서 있는 굴참나무다. 초안산으로 올라가는 두 갈래 길 중, 아래쪽 길가에 있다.

산에 오를 때마다 아빠는 그 굴참나무 앞에 서서 나무를 쓰다듬고, 볼을 대고, 안고, 두꺼운 껍질을 눌러보고, 뚫어지게 바라보곤 하셨다. 아빠에게 그 나무가 아마 '*밍기뉴'가 아닐까 싶었다.

"냉이야, 너도 가까이 가서 냄새 한 번 맡아봐."

하지만 그 나무엔 어느 강아지의 오줌 냄새도 나지 않았다.

그리고 아빠가 좋아하시는 나무에 영역 표시를 할 수는 없는 노릇 아닌가? 나는 한 번도 그 나무에 영역 표시를 하지 않았고, 영역 표시를 할 수 없는 나무에는 관심이 없었다. 그냥 계속 산책을 했으면 하는 생각뿐이었다.

굴참나무에 대한 아빠의 마음을 안 건 한참 후였다. 아빠가 중학생 무렵, 겨울이면 땔감용 나무가 필요했다고 한다. 그때 굴참나무를 여러 그루 베어 쓰러뜨리며 느꼈던 서늘함과 미안함이 가슴속에 남아있다고, 그때의 죄를 이 나무에 대신 용서를 빌고 있다고…. 내가 알기론 그렇다.

---

*밍기뉴: 브라질 소설가 J.M.바스콘셀로스의 『나의 라임 오렌지나무』에서 주인공 제제가 라임 오렌지나무를 부르는 이름

꽃 이름 배우기

벚꽃 이야기로 이 글을 시작했지만, 사실 꽃에 대해서는 관심도 없고 잘 모른다. 꽃을 좋아하는 건 아빠다. 그런데 아빠가 좋아하시는 꽃은 장미나 백합처럼 많은 사람이 아는 꽃이 아니다. 복수초, 조팝나무 꽃, 금강초롱, 붓꽃, 원추리꽃, 참나리, 구절초, 쑥부쟁이 같은, 모두 아빠 고향의 산과 들에 피던 꽃이다. 이런 꽃을 바라보는 아빠의 표정은 나를 보는 것 이상으로 행복해 보인다. 아무튼 시골 출신들이란…. 도시에서 나고(?) 자란 내가 이런 꽃을 어찌 알겠는가?

꽃을 보고도 별 감흥이 없는 내게 아빠는 말씀하셨다.
"냉이야, 황지우 시인은 구절초와 쑥부쟁이를 구별 못하는 걸 얼마나 통탄했는지 알아?"
아, 꽃 이름도 모자라서 시인 이름까지 외워야 하다니.
집 바로 옆에 '들꽃 공원'이 있어서, 나의 산책은 꽃 이름 공부로 마무리해야만 했다. 물과 간식을 먹기 위해서가 아니었다면 난 그곳을 그냥 지나쳤을 것이다.

"꽃을 바라보는
아빠의 표정은
나를 보는 것
이상으로 행복해 보인다."

사유

내가 생각이 많은 강아지가 된 것은 혼자 있는 시간이 많아서였기 때문이다.

흔히들 사유를 인간의 전유물이라고 생각한다. 옛날엔 비인간동물은 그저 움직이는 자동기계라고 주장한 이도 있다고 한다. 하지만 분명히 말하건대 강아지도 Cogito, 사유를 한다.

혼자 집을 지킨다는 것

나는 오랜 시간 혼자 집을 보고 있어야 했다. 나의 인내를
시험하고, 공포와 외로움을 견뎌야 하는 고통의 시간이었
다. 처음에는 화가 났지만, 나는 곧 긍정적으로 생각을 바
꾸어 그 시간을 유용하게 써보겠다고 다짐했다. 그 방법
이 바로 '생각하는 것'이었다.

내 사유의 범주? 존재의 이유, 삶의 태도, 신의 존재 여부,
뭐 이런 건 아니다. 주로 밥을 많이 먹을 수 있는 방법(이
런 면에선 나 자신이 쾌락주의자라고 인정할 수밖에 없
다)이나 나의 영역을 넓힐 수 있는 방법, 때론 주변 사물과
의 소통 방식 등에 대해서 깊은(?) 고민을 했다.

특히 그리움에 대해서는 내가 전문가라고 할 수 있다. 그
리움의 종류, 그리움과 외로움의 유사점, 그리움을 견디
거나 사랑으로 승화시키는 법 등을 나는 고민했다.

내 사유의 질량은 아마 내가 먹은 밥의 총량을 넘어설 것
이다. 하지만 문제는 그 모든 사유, 모든 고민, 모든 원망
이 엄마 아빠가 외출했다가 집에 들어오는 순간, '행복과

기쁨'이라는 생각 하나로 용해된다는 것이다. 그래서 그 질량을 증명할 수는 없다. 하지만 당당히 말할 수는 있다. "나는 생각한다. 고로 행복하다."

네 개의 방

나에겐 사유 공간이 네 곳 있다. 아빠 침대, 큰형 침대, 거실 소파 그리고 작은 텐트처럼 생긴 내 집이다. 아빠 방은 남쪽, 형 방은 북, 소파는 서, 내 집은 동쪽에 있다.

아빠 방(정확히는 아빠 침대)은 기분이 좋을 때 들어간다. 남쪽에서의 시간은 다른 방향에서의 시간보다 길다. 거기선 혼자 있어도 우울하지 않고 좋은 기분을 오래 느낄 수 있다. 아빠 방에서 나는 즐겁게 생각하다 잠이 든다.

형 방은 외롭다고 생각될 때 들어가는 공간으로, 이 방에서 가장 깊은 사색을 한다. 가끔 형이 만든 레고 블록과 여러 가지 장난감을 가지고 놀다 보면 외로움이 조금은 줄어들기도 한다. 물론 놀다가 또 잠이 든다.

소파 위는 엄마 아빠가 원망스러울 때 올라가는 곳이다. 거기 올라가서야 서운한 마음이 조금 덜어지고 선잠이라도 잘 수 있다.

'내가 잘 살고 있나?'

문득문득 이런 생각이 들 때는, 내 집에 들어간다. 쿠션과 장난감이 있는 거기서 소심한 나를 스스로 다독이고, 때론 까칠한 나를 타이르고, 우울한 나를 위로하며 잠을 잔다. 그렇다, 또 잔다.

그런데 엄마 아빠는 내가 하루 종일 어떤 기분으로 지냈는지 알 수 없다. 귀가한 두 분이 문을 열기도 전에 내가 이미 현관문 앞에 나와 있기 때문이다. 사유가 아닌 행복만이 가득한 그곳에서 세상 행복한 표정으로 서 있는 날 보고 아빠는 말씀하신다.

"온 집이 냉이 영역이구나."

이 말로 내 사유의 방은 매일매일 격하되고 부정당한다.

악몽

"꿈은 잠이 누는 똥이다."
프랑스의 시인이자 극작가인 장 콕토의 말처럼, 악몽을
꾸는 건 동물의 배설물을 밟는 것만큼이나 찜찜하다.

질투의 악몽

잠꾸러기인 내가 꿈을 꾸는 건 당연한 일이다. 내가 꿈을 꾸는지는 누구나 알 수 있다. 바로 잠꼬대 때문이다.

나는 평생 짖지 않았지만 잠을 잘 때만큼은 자주 짖었다. 비록 제대로 소리 내지는 못했지만 말이다. 내가 짖는 건 악몽 때문이다. 아, 악몽! 내용은 대충 이렇다.

앙큼하게 생긴 치와와가 아빠 무릎에 앉아 나를 보고 앙앙거린다. 화가 안 나겠는가?

심지어 푸른 잔디밭을 배경으로 아빠가 나하고는 몇 번 하지도 않은 공놀이를 그 '앙앙이'와 신나게 하신다. 어찌 이것이 악몽이 아니겠는가?

거기 더해 그놈에겐 간식을 두 번 줄 때 나에겐 한 번만 준다면, 이보다 더한 악몽이 어디 있겠는가? 이럴 땐 목청껏 짖어야 한다. 컹컹!

물론 나도 안다. 그 소리가 '컹컹'보다는 '끙끙'에 가까웠다는 것을. 잠꼬대 이상의 소리로 들리지 않았다는 것을.

사과가 먹고 싶어

이런 악몽도 있었다.

엄마가 부르셔서 달려갔더니 커다란 사과를 하나 주신다.

맞다. 아빠가 위장에 안 좋다고 못 먹게 하는 바로 그 사과다. 너무도 먹고 싶은 사과!

너무 반가워 사과를 받아 들었는데 막상 먹으려고 하니 자꾸 손(?)에서, 입에서 미끄러져서 먹을 수가 없다. 아무리 잡으려, 씹으려 해도 미끄러진다. 다시 짖어야 하지 않겠나? 컹컹!

이번에도 그 소리는 그냥 잠꼬대 소리보다 크지 않았고 아빠는 옆에서 한마디 하신다.

"뭔 꿈을 또 이렇게 요란하게 꾸실까?"

오해의 악몽

당연한 이야기인지 모르겠지만, 나와 아무리 소통이 잘
됐던 우리 아빠도 내 꿈까지 알아차리지는 못했다.

이날 꿈의 내용은 이렇다.
내가 가운데에서, 두 형은 옆에서 공과 원반을 들고, 뒤에
는 엄마와 아빠가 손을 잡고 힘차게 걷는다. 다섯 식구가
슬로모션으로 걷는다. 어벤저스 영화 예고편 같다.
무서울 것도, 두려울 것도 없다. 우리가 누구인지를 알리
는 중대한 임무를 띠고 내가 소리친다.
우리 형이라고, 우리 엄마 아빠라고, 어서 길을 비키라고.
컹컹!

이때 들리는 아빠 목소리.
"또 악몽을 꾸냐?"
아쉽다. 이번엔 악몽이 아니었는데.

"아, 악몽!
열심히 짖었지만
가족들은
잠꼬대로만 듣는다."

소소한 행복

내가 여서 일곱 살, 바야흐로 중년에 접어들었을 때 '소확행'이라는 말이 유행했다. 사람들이 이 말을 어떤 의미로 썼는지는 잘 모르겠지만 나는 '사람처럼 사는 강아지의 행복'이라고 이해했다.

그리고 나는 거기에 근접한 경험을 심심치 않게 했다.

고사리 꺾는 강아지

이건 꿈이 아니다. 아빠 고향 뒷산으로 고사리를 진짜 꺾으러 간 이야기다. 고사리 꺾어 본 강아지가 세상에 몇이나 될까?

아빠는 신발까지 사서 내게 신기고, 외할머니를 모시고 산에 올랐다. 내겐 첫 등산이었다. 어디든 나를 데리고 가고 싶어 하신 건 고마운 일이다. 근데 5월에 웬 신발이란 말인가? 강아지 발바닥이 걷는데 최적화되어 있다는 걸 모른 아빠가 동물병원 아르바이트생 말에 속은 탓이다. 이게 다 공부를 안 해서 벌어진 일이라고, 나는 생각했다.

고사리는 한 군데가 아닌 여기저기 드문드문 나오기에 우리는 작은 산 전체를 헤집고 다녀야 했다. 산에서는 다양한 냄새가 났다. 봄 갈잎 냄새가 제일 강했고, 작은 벌레들 냄새, 토끼 똥 냄새, 다람쥐 냄새, 겨우내 썩은 밤 냄새, 줄기를 뻗기 시작한 칡 냄새, 집을 짓는 새들 냄새까지…. 하지만 그중 내가 먹을 것은 없었다.

나는 미끄러지고 넘어지며 아빠를 열심히 따라다녔다.

고사리도 처음, 고비라는 나물도 처음 보고 취나물 향도 맡아보는 게 재미있었다. 외할머니와 아빠가 고사리를 한 바구니 꺾으신 것도 좋았다.

산에서 내려와 보니 신발 네 짝 중 세 짝이 사라지고 없었다.

"신발 세 짝은
어디 간 걸까?"

등산

아빠 고향 뒷동산을 오르는 게 그나마 쉬웠다는 걸 깨달은 건 나중 일이다. 진짜 산은 너무 힘들었다. 산을 오르는 건 시츄에겐 쉬운 일이 아니다. 산은 가팔라서 가벼운 내 몸으로도 숨이 찼고, 작은 돌들이 많아 걷기가 불편했다. 여기선 신발이 필요할지도 모르겠다는 생각이 들 정도였다.

아빠는 공자라는 사람이 "어진 사람은 산을 좋아한다(仁者樂山)"고 그랬다면서 나를 꼬셔서 산에 데려가셨지만, 정작 산에 오르며 내가 한 생각은 어떻게 "어진 사람이 오래 산다(仁者壽)"는 건지 모르겠단 거였다. 너무 힘들어서 금방 죽을 거 같은데 말이다. 나는 어진 사람이 아니라 어진 개라서 그 뜻을 잘못 헤아린 것인지도 모르겠다.

도저히 못 가겠다고 버려 엄마 아빠가 안고 올라가기도 하고, 완만한 곳은 내 발로 걸어 오르기도 하며 병원에서 관절 주의보를 내리기 전까지는 제법 많은 산을 올랐다.

내가 가 본 산 중에선 선자령이 제일 멋졌고, 가까운 산중에선 예봉산이 좋았다. 선자령의 풍경은 일품이었다. 산

넘어 산, 그 넘어 산…. 닿을 수 없는 그 산들의 숭고함과 한눈에 내려다보이는 반대편 바다의 경쾌함이 좋았다. 예봉산에 오르면 아빠 고향 가는 길과 그 옆 강줄기가 반가웠다. 정상에 가면 엄마 아빠에겐 감로주가, 나에겐 간식과 물이 있었다.

독서

엄마 아빠는 책을 좋아하시는 것 같다. 책만 보면 졸린 내가 보기엔 그렇다. 그런데 그게 나비효과처럼 나에게 피해를 준다는 게 불만이다.

두 분은 책을 읽고 책에 대한 생각을 열심히 나누시곤 한다. 식사시간에도 종종 책에 대한 대화가 오간다. 그러다 보면 식사시간이 길어지고 내 간식시간 또한 그만큼 뒤로 미뤄진다. 나는 밥보다 책이 더 중요하다고 생각하진 않는데 말이다.

아빠는 늘 말씀하셨다.
"냉이야, 교양인은 고전에 대한 이해가 많은 사람이란다."
이럴 때면 나를 사람으로 생각하시는구나 하는 생각에 좋기도 했지만, 나에게까지 독서를 강요할 줄이야! 그런데 왜 나한테는 고전 대신 그림책을 주시는 거지?

나…? 난 책만 보면 졸린다. 그림책이라고 다를 쏘냐. 아니, 꼭 책이라서 졸린 게 아니라 강아지는 원래 잠이 많다.

"왜 나한테는
고전 대신
그림책을 주시는 거지?"

축구

아빠와 작은형은 축구 중계를 즐겨 보곤 했다. 새벽에 경기가 있는 날엔 나도 얼떨결에 따라 나와 아빠 옆에서 졸면서 TV를 봤다. 새벽에 강아지가 할 짓은 아니다.

축구를 보며 드는 내 생각은, 공 하나만 던져주면 그저 이성을 잃고 이리저리 뛰어다니는 건 개나 사람이나 똑같다는 거다. 그런데 노는 건 그렇다 쳐도 그걸 보고 환호하거나 땅이 꺼질 듯 한숨을 내쉬는 건 이해하기 어렵다.

국가 대항전이라도 열릴 때면 아빠는 내 몸을 간질이시며 "냉이 너는 어느 팀 응원할 거야? 너희 조상이 중국이라고 중국 응원하고 싶은 거 아냐?" 하셨다.

"아빠! 그래서 아빠가 저보다 한 수 아래인 거예요. 왜 응원을 해요. 그냥 공놀이 모습을 즐기면 되는 거죠. 그리고 축구에서 중국을 응원하는 바보가 어디 있어요?"

속으로만 생각하고 말하진 않았다. 사실 나도 응원하는 선수가 있긴 했다. 붉은 유니폼의 13번 선수.

세배

두 형과 함께 외할머니께 세배를 드렸다. 개껌 하나는 받을 줄 알고 기다렸는데 세배를 한 형들이 거꾸로 할머니께 용돈을 드리는 게 아닌가!

순간 당황했다. 나도 드려야 하나? 나는 가진 게 아무것도 없는데(심지어 고추도 없는데) 어떡하지.

덕담을 하시는 동안 우물쭈물하고 있는데, 외할머니가 주머니에서 돈을 꺼내 주시면서 말씀하신다.

"냉이야, 맛있는 거 사 먹어라!"

후~ 얼마나 다행이었는지 모른다.

할머니가 주신 돈? 누구나 예상할 수 있듯이, 엄마 주머니 속으로 들어갔다.

"할머니,
드릴 건 없지만
제 마음을 드려요.
건강하세요."

군에 간 형 면회 가기

작은형이, 그렇게 게으르던 형이 군대에 갔다. 가족 면회를 따라나선 나는(나도 가족이니까 내가 가는 건 당연했다) 형의 게으름이 군 생활에 어떤 지장을 초래했을지 걱정이 들었다.

부대 입구에 커다란 무기들이 늘어서 있어 겁이 났지만 한편으로 좀 신기하기도 했다.

우리 형이 저런 걸 조종한다는 말이야? 그렇게 게으르던 형이! 뭔지 모를 자부심이 스멀스멀 올라오는 느낌이었다. 내가 무슨 자격으로 그랬는지는 모르겠지만, 아무튼 그랬다.

아빠 차 창문으로 보이는 부대 안 분위기는 좀 삭막했지만 내부를 돌아다니는 군인들 표정은 밝았다. 내가 차에서 기다리는 동안 나머지 세 식구가 면회실로 향했다. 나는 목을 길게 빼고 면회실 방향을 응시했다. 빨리 형이 보고 싶었다.

잠시 후 엄마, 아빠와 함께 작은형이 차로 걸어왔다. 형은 더 이상 까치발이 아닌 성큼성큼 남자답게 걸어왔다. 형이 차에 타자마자 "냉이도 왔냐?"면서 나를 머리 위로 들어 올렸다. 몸 전체로 아드레날린이 격렬하게 퍼져 나가는 걸 느낄 수 있었다.

"네가 형 대신 군대 생활할래?"
외모는 멋져졌지만 목소리의 장난기는 그대로였다. 그 목소리가 너무나 반가웠다. 게으름의 흔적은 느낄 수 없었다.
"형, 아직도 애기 같네. 형 믿고 내가 잠을 자도 돼?"
농담을 했지만 형은 알아듣지 못했다. 다 함께 이글루 모양을 한 펜션에 들어가 엄마가 만들어 오신 음식을 먹으며 오랜만에 수다를 떨었다. 군대 상황을 잘 몰랐던 난 형과 긴 대화는 나누지 못했다.

다음날 다시 들어간 부대는 덜 낯설었고, 커다란 무기들도 무섭지 않았다. 우리가 사간 피자와 통닭을 순식간에 먹어 치운 부대원들이 어쩐지 다 형처럼 느껴졌다.
나도 중성화 수술만 안 했으면 군에 갈 수 있었을까?

간식 투쟁

아빠 하나, 나 하나.

우리 집에선 아빠가 뭘 드시면 반드시 나도 하나를 먹어
야 했다. 그게 내 주장이었다. 아빠가 밥을 다 드시고 나면
나도 간식 하나, 차를 드시고 나도 간식 하나. 아빠가 간식
을 드셔도, 심지어 약을 드셔도 나는 간식을 요구했다(아
빠가 약을 많이 드시는 게 얼마나 다행이었는지!).

"아빠, 오늘은 고구마 주세요."
"오늘은 고기 말린 거!"

아빠가 주방 안쪽으로 숨어서 약봉지를 뜯기도 하셨지만
나를 속일 수는 없었다. 쏜살같이 달려온 나와 눈이 마주
쳐서 아빠가 겸연쩍은 웃음을 지으신 적이 얼마나 많았던
가? '아빠 하나, 나 하나' 규칙은 이렇게 나의 투쟁으로 이
루어진 것이다.

두 번째 투쟁은 중문 앞에서 벌어진다. 우리 식구들은 외
출하려면 반드시 나에게 간식을 주고 나가야 한다. 누군
가 외출할 것 같은 낌새가 보이면 나는 중문 앞에 버티고

서서 기다렸다. 일종의 '길목 막고 지키기'였다. 잊어버리고 그냥 나가려던 식구들은 나를 보고서는, "아, 냉이 간식!" 하고 간식을 챙겨 주곤 했다.

간식 너무 많이 주면 강아지가 밥 잘 안 먹는다는 생각, 간식이 비만의 주범이라는 주장은 모두 억지다. 내 몸매를 봐라!

가족이 늘었어요

나와 형들은 같이 컸다고 할 수 있다–이렇게 말하고 보니, 나만 아무것도 이룬 것이 없어 자괴감이 좀 든다–. 아무튼 내가 막 식구가 되었을 때 까까머리 고등학생이었던 형들이 커서 대학교도 가고, 군대도 가고, 교환학생을 다녀오고, 대학원까지 졸업했다. 둘 다 대기업에 취업했고, 장가를 갔다. 내가 여전히 아이처럼 사는 동안, 형들은 성인으로 성장했다. 그걸 지켜보는 건 놀라운 경험이었다.

두 형의 결혼식에 나는 한 번도 참석하지 못했다. 꼭 코로나 시국이어서 만은 아니었다. 작은형 결혼식에서는 형의 성장과정을 보여주는 사진 속에 내 모습이 몇 차례 등장하는 것으로 만족해야 했다. 큰형 결혼식엔 내가 예물을 들고 들어가는 아이디어가 나왔지만 최종적으로 채택되진 않았다.

형이 결혼했다는 건 형수 두 분이 새로운 식구가 되었다는 말이고, 이 말은 나를 예뻐하는 사람이 두 사람 늘었다는 뜻이기도 했다. (나를 포함해) 남자들만 넘치던 집에 예쁜 형수 둘이 오며 집안 분위기도 확 달라졌다. 엄마 아빠의 말투도 더 부드러워지고, 형들은 더 어른인 척했으며 (이미 연애시절부터 선물을 사 오던) 형수들은 엄마 아빠 선물만큼이나 내 간식과 장난감도 빼놓지 않고 사 왔다.

조카도 태어났다. 아무리 가족의 사랑받는 일원이라지만 나는 내가 개라는 걸 잘 알고 있는 터라, 어린 조카를 봤을 때 어떻게 행동해야 할지 난감했다. 그런데 아무렇지도 않게, 너무도 자연스럽게 작은형이 "세아야! 냉이 삼촌이 다. 인사해."라고 하는 것 아닌가?
난 점잖은 삼촌처럼 보이고 싶었다. 흥분하지 않으려고, 어떤 호들갑도 떨지 않으려고 노력했다. 조카에게서 나 는 달콤하고 황홀한 냄새를 맡기 위해 킁킁거리지도 않았 다. 한 발자국 떨어져서 조카 눈을 바라보며 미소만 지었 다. 하지만 내 의지와는 상관없이, 심하게 흔들리는 꼬리 는 어찌할 수가 없었다.

4장
토라짐

"토라짐의 핵심에는
강렬한 분노와 분노의 이유를
설명하지 않으려는 강렬한 욕구가
똑같이 혼재해 있다."

– 알랭 드 보통, 『낭만적 연애와 그 후의 일상』 중에서

이 말에, 나는 동의하지 않는다.

호텔

인간에게 호텔이 다른 곳을 여행하기 위해서 이용하는 곳
이라면, 강아지에게 호텔은 다른 곳에 가지 못해서 이용
하는 시설이다. 말하자면 애견호텔은 함께 떠나지 못한
강아지들의 슬픔이 모인 곳이다.
애견호텔에서 든 내 생각이다.

첫 호텔

미리 밝혀 두자면 아빠와의 갈등에서 승자는 언제나 나였다. 대부분 대화로 풀었지만, 그 대화라는 건 아빠가 해결책을 제시하면 내가 마지못해 받아들이는 척하며 화해하는 식이었다. 늘 그랬다. 왜냐하면 나의 토라짐은 어리광의 한 방편이었으니까.

첫 호텔 경험에선 토라질 여지가 털끝만큼도 없었다. 오히려 좋았다. 작은형 군 입대를 위로하기 위해 우리 가족은 강원도로 여행을 갔다. 한여름이었는데 평창의 날씨는 선선했고 가는 여행지마다 풍광이 뛰어났다.

무엇보다 우리 가족이 투숙한 특급호텔이 퍽 마음에 들었다. 내가 어떻게 특급호텔에 들어갈 수 있었는지 자세한 상황은 모른다. 다만 객실이 크고 침대가 꽤 높아서 뛰어오르기 만만치 않았다는 점이 기억에 또렷이 남아있다.

바삭거리는 순백의 이불은 너무도 포근해서 앉자마자 잠이 쏟아질 것 같았고 은은한 향도 좋았다. 베개는 또 왜 그렇게 많은지…! 나는 엄마 아빠와 같은 방을 썼는데, 당연히 내게도 베개가 하나 주어졌다. 나는 엄마와 아빠 사이에서 베개를 베고 잠을 잤다.

화장실에 패드가 있었지만 나는 밤새 침대에서 내려가지 않았다. 대신 아침에 눈을 뜬 아빠가 침대에서 내려주자마자 화장실로 달려가 정확히 패드 위에 오줌을 누었다.

나는 호텔은 다 이런 줄 알았다. 가족들이 조식을 먹으러 나갔을 때 혼자 방에서 아침밥을 먹은 것 외에는 아쉬운 게 없었다.

애견호텔

그런데 아니었다. 2018년 1월, 가족들이 다 함께 해외여행을 가게 됐다.

"냉이야, 미안하지만 너는 함께 갈 수 없어. 4박 5일 동안 호텔에 있어야 해. 알았지?"

아빠의 말씀에 나는 생각했다.

"뭐, 할 수 없죠. 호텔에 있는 것도 나쁘지 않으니까."

아뿔싸. 그곳은 내가 생각했던 호텔이 아니었다. 이런 곳에 어떻게 호텔이란 이름을 붙였지? 맡겨진 강아지들은 노는 건지 싸우는 건지 모르게 떼 지어 이리저리 다니며 짖고 물고 소란스러웠다. 나는 강아지들과 어울리지 않고 관리 아르바이트를 하는 대학생만을 졸졸 따라다녔다. 하루 종일 따라다녔더니 이 착한 아르바이트생은 밤에 잘 때도 나만 자신이 사용하는 사무실 한쪽에서 자게 해주었다. 그리고 내 사진을 찍어 아빠에게 보내면서 덧붙였다.

"냉이는 자기가 사람인 줄 아는 것 같아요!"

이 말을 들은 가족들 모두 왠지 기분이 좋았다고 했다.

강아지를 키우는 사람들은 종종 이런 말을 한다.

"우리 강아지는 자기가 사람인 줄 알아요."

난 그렇지는 않다. 난 내가 강아지인 줄 안다. 다만 개보
단 사람이 더 좋을 뿐이고 그 사람처럼 행동하고 싶을 뿐
이다. 사람처럼 행동하고 싶어 하는 것과 사람인 줄 아는
건 전혀 다르다. 다만 내가 낯선 강아지나 사람과 잘 어울
리지 못하는 건 사실이다. 이건 엄마 아빠를 꼭 닮은 것
같다.

호텔에 투숙한 지 이튿날, 큰형의 여자친구가 내가 좋아
하는 고구마를 구워 가지고 찾아왔다. 너무 반가워 고구
마를 다 먹고 품에 안겨서 애교를 부렸다. 그리고 속으로
꼭 형수님이 되어 달라고 빌었다.

나흘 뒤 공항에서 곧장 날 데리러 온 가족들을 보자 눈물
이 나올 만큼 반가웠고, 아빠 품에 안겨서 아르바이트생
은 돌아보지도 않았다.

악몽의 호텔

처음으로 아빠를 미워할 정도로, 마지막 애견호텔 경험은
가장 끔찍했다.

엄마 아빠가 홋카이도 여행을 가시게 됐다. 그런데 이 무
렵 모두 분가한 형들도 나를 맡아 줄 상황이 아니었다. 할
수없이 나는 호텔에 맡겨졌다.

하루는 그럭저럭 견딜 만했는데 둘째 날부터는 참을 수
가 없었다. 잠자리 영향이 컸다. 이전에 경험했던 호텔과
분위기는 비슷했으나 이번 호텔에서는 매니저가 나를 다
른 강아지들과 함께 자게 했던 것이다. 이럴 수는 없는 일
이었다. 어떻게 처음 보는 강아지와 함께 잘 수 있단 말인
가? 잠은커녕 식욕이 떨어져 밥도 먹을 수가 없었다.

첫날 내가 노는 모습을 찍어 열심히 엄마 아빠에게 보내
주던 아르바이트생도 두 번째 날부터는 내가 밥도 안 먹
고 낑낑거리고 호텔 밖만 응시하고 있자 사진을 달랑 두
장만 보냈다. 대신 아르바이트생은 엄마 아빠가 보내온
사진을 내게 보여줬다. 끝없이 이어진 꽃밭을 배경으로
엄마 아빠가 활짝 웃고 있는 사진이었다.

불안해졌다. 나를 버리고 두 분이 다른 곳으로 이사를 간 거라는 의심이 들었다. 불안증은 점점 심해져 마지막 날은 아예 물도 마시지 않고, 놀지도 않고 구석에 혼자 앉아 있었다.

긴 시간이 지나고(실제로는 5일이었다) 엄마 아빠가 데리러 왔을 때 나는 달려가지 않았다. 완전히 토라진 상태였다. 아빠가 다가와 안았을 때도 반갑다는 인사 대신 화를 냈다(낑낑거려서 아빠는 '어디가 아프냐'고 물으셨지만 말이다).
집으로 가는 차 안에서도, 집에 와서도, 아빠와 잠을 잘 때도 나의 앓는 소리(사실을 화를 내는 거였다)는 이어졌고, 불안증과 화는 며칠간 그치지 않았다.

심지어 그 호텔 악몽을 꾸기까지 했다.

강아지 동반 호텔

역시 갈등을 푸는 제일 좋은 방법은 대화다. 물론 침묵의 대화지만 말이다. 우리 대화의 결론은 함께 여행을 가는 것이었다. 내가 애견호텔에서 아픔을 겪은 뒤로 엄마 아빠는 늘 나와의 동반 여행을 최우선으로 고려했다. 그래서 나의 마지막 호텔 경험은 엄마가 찾은 '강아지 동반 호텔'에서였다.

다만 이때는 이미 호텔이 좋은지 나쁜지를 잘 느낄 수 없을 만큼 나는 늙어 있었다. 나 때문에 우리의 여행은 아빠 차로 드라이브를 하고 조용한 산길을 산책하는 것이 전부였다. 내가 들어갈 수 있는 식당이 없어 엄마 아빠는 밥도 포장해 와서 호텔에서 드셨다.

그래도 역시 여행은 좋았고, 호텔은 편안했고, 특히 깊은 계곡 산책길은 오가는 사람이 많지 않아 딱 내 취향이었다.

"함께 가는 여행,
참 좋다."

불만

아빠에게 나는 3순위였던 거 같다.

(아빠는 그렇지 않았다고 강하게 부정하시지만 말이다)

일이 1순위, 골프가 2순위, 그 다음이 나였다. 내 생각이

그렇다는 거다.

내가 못한 산책의 날들

3순위가 아니라면, 나를 그렇게 혼자 놔두지는 않았을 것이라는 게 내 생각이다.

나는 14년 9개월을 아빠 엄마와 살았다. 날짜로 계산해 보면 5,385일이다. 이 말은 내가 5,385번의 산책을 해야 했다는 말이기도 하다. 그러나 내가 실제로 한 산책은 900번 남짓이었다. 내가 산책을 얼마나 좋아하는지를 잘 아는 아빠가 이럴 수는 없는 거였다. 내가 스스로를 3순위라고 생각할 수밖에 없는 까닭이다.

이렇게 말하는 이가 있을지 모르겠다. '그래도 엄마나 형보다는 순위가 앞서지 않냐'고.

맞는 지적이다.

하지만 엄마나 형은 아빠의 도움 없이도 재미있는 일을 만들 줄 알았고, 어찌 보면 형들의 경우에는 아빠가 관심을 안 가져 주는 걸 더 좋아했을 수도 있다.

하지만 나는 너무도 아빠의 관심이 필요했다.

피곤한 개가 되고 싶어요

아빠가 제일 많이 하는 말이 '어디가 아프다' '피곤하다'이
다. 퇴근하고 집에 오신 아빠는 거의 대부분 기력이 다 빠
진 상태였다. 그러니 나와의 교감이란 것도 그저 무릎에
앉히고 머리를 쓰다듬거나 몸을 마사지해 주는 게 전부였
다(너무 극단적으로 말하고 있다는 생각이 들긴 한다).

나는 공놀이도, 인형 놀이도, 달리기도 하고 싶었으나 아
빠는 이런 놀이는 어릴 때 몇 번 해준 게 전부다. 아니, 오
히려 다른 사람이 이리저리 공을 던지며 내게 장난을 치
면 '왜 냉이를 피곤하게 하냐'고 싫어하신다.
당신이 피곤한 걸 싫어하니까 나도 그럴 거라고 지레 짐
작하시는 거다. 아빠는 '피곤한 개가 행복한 개'라는 사실
을 모르신다.

나는 아빠의 반대로 다른 강아지들이 하는 개인기(?)조차
배우지 못했다. 사실 나도 큰형이 가르쳐 줘서 할 줄 아는
게 몇 개 있었다. 예를 들어 형이 '빵'하며 총 쏘는 흉내를
내면 픽 쓰러지는 것 말이다. 한 번은 형 방에서 그 놀이를
하다가 거실로 나왔는데, 아빠가 무슨 '빵'이라고 말씀을

하시는 게 아닌가? 나도 모르게 옆으로 쓰러지려는 순간, 이러면 안 되는데 싶은 생각이 들어서(날 피곤하게 했다고 형이 야단을 맞을 수 있으니까) 재빨리 자세를 바꾸어 엉거주춤하게, 마치 잠을 자려는 것이었다는 듯한 자세로 연기를 했다.

하긴 아빠에게 내 개인기를 숨기는 것도 피곤한 일이긴 했다.

걱정이 걱정되다

나를 만날 무렵이 아빠의 '화양연화'였다고 엄마는 말씀
하시곤 했다. 이 말은 바꾸어 말하면 그다음부턴 모든 일
이 예전만 못했다는 뜻이기도 하다. 그래서인지 아빠는
걱정이 많았고, 표정도 일그러져 있는 경우가 많았다. 나
를 볼 때조차도 말이다.

"내가 강박증이 있는 건 아버지 때문이야. 어릴 적 아침
밥상에 앉으면 아버지는 어쩌면 그렇게 걱정이 많은 지,
매일매일 새로운 걱정을 늘어놓으셨어. 나는 아버지의
걱정거리가 걱정이 되어 가슴이 콩닥거렸지. 오늘은 또
무슨 걱정거리가 있을지 불안해서 밥을 잘 먹을 수가 없
었어."
아빠가 가끔 하신 말씀이다.

아이러니하게도 아빠 자신도 그랬다. 걱정이 얼마나 많
은지 표정과 말씀에서 다 알 수 있었다. 천하에 낙천적인
나도 불안해서 소화가 안될 정도였다.

내가 밥을 천천히 먹은 건 그 때문이다.

예절과 억압 사이

밥 이야기가 나와서 하는 말이지만 나는 평생 밥을 아주 천천히 먹었다. 애견호텔에서 본 다른 강아지들이 마치 진공청소기가 먼지를 흡입하듯 게걸스럽게 먹는 걸 보면 혀를 차고 싶은 심정이었다.

나는 소리 내어 크게 짖지도 않았다. 산책 나갈 때 자주 마주쳤던 앞집 아주머니는 "강아지 키우신다는 걸 전혀 모르겠어요."라는 말을 몇 번이나 했다. 1층 집 강아지가 너무 짖어 대는 것에 대한 비난이 섞인 말이란 건 알았지만 나는 사실 그 말을 들을 때마다 좀 우울했다. 나도 맘껏 짖고 싶었지만 아빠가 싫어하신다는 걸 알고 참았기 때문이었다.

"냉이야, 매너가 품격을 결정하는 법이다."
아빠는 아빠에 대한 내 태도엔 관대하셨지만, 내가 다른 사람이나 강아지를 대할 때는 예절을 강조하셨다. 가끔은 그게 억압처럼 느껴질 때도 있었다. 그게 내가 더 활발한 강아지가 되지 못한 이유일지도 모른다. 사람처럼 살아야 하는 강아지의 아픔이라고나 할까?

그냥, 더 신나게 놀지 못해 아쉬워서 하는 넋두리일지도
모르겠다.

공부 안 하는 아빠

아빠가 이렇게 내게 예절을 강요한 건 강아지에 대한 이해가 부족해서라고 생각한다. 아빠는 시츄의 특징, 시츄의 언어를 잘 이해하지 못하셨고 공부하려고도 하지 않았다. '서로가 서로에게 길들여져 살면 된다'는 게 아빠의 지론이다.

물론 아빠가 내 생각, 내가 원하는 것에 관심을 기울이신 건 맞다. 내가 아빠에게 길들여진 것 못지않게, 아빠가 내게 길들여지신 것도 맞다. 하지만 아빠가 시츄의 언어를 모르시니 내가 사람의 언어를 이해해야 했고, 무엇보다 나의 신체적 특징이나 성격 등을 100% 모르시니까 산책을 게을리하신 게 아니겠는가?

아니, 심지어는 목욕하다 내가 졸도하는 일까지 생긴 게 아니겠는가?

두 번의 졸도

아, 기절이라니!

지금부터 하는 이야기가 아빠를 욕하거나 비난하는 것처럼 들릴까 봐 걱정된다. 그래서 아빠가 실수하신 거지 일부러 그러신 건 아니라는 걸 분명히 하고 이야기를 시작하려 한다.

산책은 언제나 좋았으나 산책 후에 하는 목욕은 너무 싫었다. 내가 얼굴 부위 씻는 걸 특히 싫어해서 아빠는 그쪽을 언제나 마지막에, 그것도 조심스럽게 씻기셨다. 그런데 털이 길 때는 어떻게 하든지 물 묻은 털들이 내 콧구멍을 막았고 숨쉬기가 곤란해지곤 했다.

그날의 사고는 내 털이 길기도 했지만 아빠가 내 정수리에 직접 샴푸를 짜면서(조심하시라고 그렇게 말씀드렸건만…) 일어났다. 샴푸 거품이 하늘로 향한 코에 조금 들어갔고, 그걸 닦는다고 아빠가 샤워기를 얼굴에 대고 물을 틀었다. 순간 나는 숨을 쉴 수 없었고 하반신에 힘이 빠지는 걸 느끼며 정신을 잃었다. 기절한 것이다. 정말 순식간의 일이었다.

놀란 아빠가 나를 안고 흔들며 이름을 계속 불러 댔다. 어찌나 소리를 지르는지 아마도 건너편 아파트까지 아빠의 고함소리가 들렸을 것 같다. 30초 정도 흘렀을까? 코에 들어온 물을 뿜어내며 내가 깨어나자 아빠는 뽀뽀를 해대며 "미안하다"만 연발했다. 이때도 아빠가 공부를 좀 해야 한다고 말씀드렸는데 내 말을 끝까지 듣지 않으셨다.

두 번째는 내 잘못이 컸다. 내가 아빠 무릎을 좋아한다는 사실은 앞에서도 여러 차례 말했다. 그래서 아빠가 소파에 앉아 책을 읽고 계시던 그날도 난 아빠에게 뛰어올랐다. 아니, 뛰어오르려고 했다.

불행히도 그땐 백내장이 많이 진행되어 앞이 잘 보이지 않을 때였다. 거리 조절을 잘 못해 소파 앞 커다란 탁자 밑을 머리로 들이받았다. 거의 찰나의 일이었다. 나는 '쭈욱' 큰 대자로 뻗었다. 아빠가 날 얼른 안아 올리긴 했지만 어찌할 줄 몰라 꼭 안고만 계셨다. 소리를 듣고 달려온 엄마도 발만 동동 구르셨다. 이번엔 지난번보다 졸도 시간이 좀 더 길었다.

천만다행으로 난 얼마 후에 깨어났다. 공연히 미안한 생각이 들어 혀로 입 주위를 쓱 하고 한 번 핥는 내 눈에 당황한 엄마 얼굴이 들어왔다. 깨어나면서 내가 아빠 무릎에 굵은 똥 한 덩어리를 눴던 것이다. 엄마가 당황해 어쩔 줄 몰라 하시는데 아빠는 의외로 침착하게 내 볼에 '쪽' 하고 뽀뽀를 하시더니, "이놈이 지난번 아빠 때문에 졸도한 걸 복수하려는 거야."라면서 흐흐 웃으셨다.

5장
바다를 건너 만난 것

"혹시 바다 건너엔,
사람보다 개를 위한 공간이
더 많을지도 몰라."

제주도 한 달 살이

2022년 3월, 엄마 아빠 나, 셋이 '제주도 한 달 살이'를 했다. 가장 큰 걱정거리는 내 건강이었다. 내가 배를 탈 수 있을까, 낯선 곳에서 스트레스를 받지는 않을까? 두 분은 걱정을 많이 하셨다. 물론 나는 무조건 가겠다고 우겼고 그렇게 늙고 병든 상태에서 제주도 여행을 갔다. 곧 '*카론의 배'를 탈 건강 상태로 '제누비아 여왕(퀸제누비아호)'의 배를 타고 유토피아에 간 모양새였다.

조금 일찍, 더 건강할 때 왔으면 좋았을 걸. 왜 제주도를 한국인의 유토피아라고 하는지 알 것도 같았지만, 유토피아도 젊어서 가야 유토피아다. 제주도에 도착해서 며칠 지나 든 생각이다.

---

*카론: 그리스 신화에 나오는 저승의 뱃사공

출발

목포에서 배를 타고 제주도로 가기로 했다. 출항 시간은 다음날 새벽 한 시였지만, 우리는 전날 아침 먹고 아홉 시 조금 넘어서 일찍 집을 나섰다. 차는 한 달 살이에 필요한 살림살이로 가득했다. 트렁크부터 뒷좌석까지 짐을 욱여넣었다. 다른 사람이 봤다면 우리 집 살림살이를 전부 실은 것 같다고 했을 것이다.

제주도 여행을 위해 엄마가 새로 산 유모차와 하네스를 포함, 내 살림도 상당했다(살아보니 다 필요 없는 거였는데…). 우리 세 식구는 모두 앞자리에 끼여 앉을 수밖에 없었고, 덕분에 나는 당당히 아빠 무릎에 앉아 갈 수 있었다.

목포에 도착한 우리는 미리 소개받은 집에서 밥을 먹고 (그 집에도 늙은 시츄가 있어 나도 환영받았다) 목포 이곳 저곳을 그야말로 달리는 말(차) 위에서 보고 다녔다.

기억에 남는 건 갓바위, 그리고 해상케이블카를 타고 본 저녁노을이다. 엄마 아빠와 함께라서 더 그랬는지 모르겠지만 백내장이 생긴 내 눈에도 석양의 강렬한 붉은빛은 너무도 아름다웠다.

우리가 탄 배는, 시인 보들레르의 표현대로 내가 본 것 중 가장 '거대하고 복잡한 생물'이었다. 우리는 차를 탄 채로 그 생물의 뱃속으로 들어갔다. 사람과 자동차와 강아지가 뒤섞인 생물의 뱃속은 마치 작은 마을 같았다. 비록 포대기에 싸여서이긴 했지만, 나도 당당히 승선권을 받아 객실로 올라갔다.

노래방에서의 다섯 시간

아빠 품에 안겨 돌아본 배는 화려하고 아름다웠다. 하지만 규정상 나는 객실에 들어갈 수 없었고, 오직 '펫룸'에만 있어야 한다고 했다. 이럴 때 나는 곧잘 흥분하며 부당함을 항의하지만, 엄마 아빠가 같이 펫룸에 있기로 해서 순순히 받아들였다.

하지만 펫룸에서의 여행은 수월하지 않을 것 같았다. 다른 강아지들이 들어오면서 펫룸은 금세 소란스러워졌다. 애견호텔이 떠올랐다. 강아지들이 장난치고 수시로 와서 냄새 맡고 주위를 서성거려서 정신없고 잠을 거의 이룰 수 없었던.

아빠는 승무원에게 아픈 강아지를 위한 방이 없냐고 물었고, 젊은 여승무원은 원래 그런 방이 따로 있었으나 폐쇄됐다고 말해주었다. 하지만 꽤 융통성 있었던 그녀는 배가 출항하자 코로나 때문에 운영을 중단한 노래방 하나에 우리가 들어갈 수 있게 해줬다. 왠지 여행의 시작이 좋다고 생각했다.

그렇게 나는 생전 처음 노래방이란 곳에 가봤다. 비록 의자는 좁고 짧았지만 우리는 노래방을 객실 삼아, 오붓하고 편안하게 다섯 시간의 항해를 즐길 수 있었다. 배에서 내릴 때 그 누나에게 꼭 고맙다고 인사하고 싶었는데 찾을 수가 없었다.

바람길별담

새벽 제주항에 내려 아침을 먹고 열 시경 숙소에 도착했다. 숙소는 한림읍에 있는 '바람길별담'이라는 이름을 가진 집이었다. 본채와 별채 두 동으로 된 집 앞에는 잔디 마당이 넓게 펼쳐져 있었다. 3월 초라 아직 파란 싹이 올라오진 않았지만 침침한 내 눈에도 괜찮아 보였다.

집 앞 바다엔 제법 높은 파도가 치고 검은 바위엔 갈매기 떼가 하얗게 앉아 있어 서울과는 사뭇 분위기가 달랐다. 하지만 엄마 아빠와 함께였고 넓은 마당이 있어 마음이 편안했다. 마치 전에 한 번 살았던 집 같다는 느낌도 들었다.

잔디 마당을 한 바퀴 돌며 탐색을 했고 영역 표시도 몇 군데 해 두었다.

다랑쉬오름

제주에서의 첫 방문지는 '다랑쉬오름'이었다. 도착한 날
짐을 풀자마자 갔다. 한 달이나 있을 건데 아빠 엄마는 뭐
가 그리 급하셨던 걸까.

다랑쉬오름은 멀리서는 야트막한 동산처럼 보였으나 가
까이 와서 보니 까마득하게 높았다. 여기까지 와서 또 등
산인가 하는 생각이 들었다. 계단이 하도 많아 걸어 올라
갈 수 없었던 날 결국 아빠가 포대기에 싸서 메고 올라가
셨다.

정상에 올라 아빠가 나를 땅에 내려놓았지만, 꼬리를 뒷
다리 사이로 말아 넣고 오들오들 떠는 걸 보고 얼른 다시
안아 올렸다. 내가 떤 것은 낯설어서도, 무서워서도 아니
었다. 그냥 추웠다. 오름 정상에는 바람이 꽤 세게 불었다.
3월 제주의 바람은 과연 소문대로였다. 하지만 나를 메고
한 시간이나 산을 오른 아빠는 그 바람에도 땀을 흘리고
계셨다. 내려와서 입구에 보니 올라갈 땐 못 본 표지판이
있었다.

'애완동물 동반 금지'

이건 무슨 신호일까?

엄마 회갑

엄마가 별채 있는 집을 택한 것은 형 부부가 내려와서 곁에서 편하게 머물기를 바랐기 때문이었다.

엄마의 바람은 이루어졌다. 제주도에 있는 동안 엄마는 60회 생일을 맞으셨다. 회갑인 것이다. 두 형 내외가 모두 내려와 며칠 묵으면서, 식도락 여행을 하며 엄마 생신을 축하했다. 비록 나는 서울에서와 비슷한 간식을 먹었지만 말이다.

생신날엔 내 생일 때는 볼 수 없는 커다란 축하 꽃바구니가 거실을 장식했고, 케이크도 내 생일 때와는 비교할 수 없을 정도로 컸다. 그냥 그랬다는 거다.

나는 아빠 품에 안겨서 축하 노래를 들으며 생각했다. 엄마는 회갑인데도 저렇게 젊은데 왜 나는 열다섯 살도 안 됐는데 이렇게 늙었을까. 나는 엄마의 생신을, 그 젊음을 진심으로 축하해 드렸다.

엄마가 말씀하셨다.

"생일보다도 이렇게 온 가족이 모이니까 참 좋다."

맞다. 가족이 모이는 것, 그리고 모두가 건강하다는 것.

이것만큼 좋은 게 없는 것 같다. 가족 중에 나만 건강하지
않은 것 같아 죄송한 마음이 들었다.

걷는 엄마와 아빠

엄마 아빠가 제주도에서 가장 많이 한 것은 '걷기'였다. 사실 걷기는 일 년 전부터 급격히 건강이 안 좋아진 아빠가 살기 위해 선택한 일종의 치료 방식이었다. 재미있는 것은 아빠의 외모가 조각가 알베르토 자코메티의 조각상 '걷는 사람'과 흡사하다는 것이다. 길게 늘린 인간의 형상처럼 깡마르고 길쭉한 아빠가 휘청휘청 걷는 모습을 보고 있자면 왠지 조마조마했다.

그런 아빠가 나를 안고 며칠을 걸었다. 그리곤 어느 날 이렇게 물으셨다.
"냉이야, 너는 집에서 자는 게 어떨까?"
힘들어서 이런 제안을 하셨던 걸까. 난 다랑쉬오름에서 본 '애완동물 동반 금지' 표지를 떠올렸다. 그 표지가 일종의 암시였을까? 어쨌거나 나도 그 편이 좋을 것 같았다.

그렇게 나는 집에 남겨졌다. 하지만 졸릴 때 자고, 매일 현관문 앞에 찾아온 길고양이와 대화를 나누는 것도 나쁘지 않았다. 오히려 편했다. 내가 늙었다는 점을 떠올리면 이해가 갈 것이다. 내가 그렇게 시간을 보내는 동안 엄마 아

빠는 사려니숲길을 걷고, 오름에 오르고, 곶자왈과 둘레
길을 걸었다. 마치 걸어야 하는 사명을 띠기라도 한 듯 그
렇게 걷고 걸어 아빠 엄마가 무엇을 찾았는지 난 모른다.
내가 느낀 건, 그저 아빠가 조금 활력이 생기신 것 같다는
것 정도. 3월의 제주는 서울과는 달리 푸른 나무와 꽃이
많아서 꽃과 나무를 좋아하는 두 분이 걷기에는 좋았을
것이다.

"냉이야, 제주에는 걷는 사람이 정말 많아요."
아빠가 보여주신 사진 속엔 사람도, 멋진 나무도 예쁜 꽃
도 많았지만 어쩐지 강아지는 잘 보이지 않았다.

고양이와의 대화

여기서 비밀 이야기를 또 하나 해야겠다.

아빠 엄마가 걸을 때 나는 눕거나 앉아서 고양이와 대화를 나눴다. 두 분이 나가시면 나는 햇살이 들어오는 현관문 앞에 자리를 잡고 앉아 그(녀)를 기다린다. 그러면 잠시 후 노란 길고양이가 문 앞에 와 "야옹~" 하고 인사를 하곤 옆으로 앉았다. 거의 매일 그랬다.

유리문이 막고 있긴 했지만 우리 사이 간격은 고작 50cm에 불과했다. 서로 대화를 나누기엔 충분한 거리였다. 우리 대화는 안부(밥은 먹었냐, 위험한 일을 겪지는 않았냐, 가족은 어떻게 지내냐 등)를 묻는 것으로 시작해 서로 각자, 오랫동안 사색에 잠기는 게 일반적이었다.

가끔은 속 깊은 대화를 하기도 했다. 나는 '세월이 정말 빠르다'거나 '젊었을 때 건강관리를 잘해야 한다'거나 '잠자리는 안전한 곳으로 하라'는 등, 나이 든 강아지가 할 수 있는 충고를 고양이에게 해 줬다.

"그래도 믿을 건 사람밖에 없어, 나쁜 사람보다는 좋은 사람이 많아."

내 말에 고양이가 혼잣말처럼 대답했다.

"나쁜 사람을 못 만나 본 모양이군."

고양이가 고단한 삶을 산 것 같다는 생각이 들었지만 묻지는 않았다.

고양이는 자기 이야기보다는 제주의 전설(무슨 할망 이야기를 했던 것 같다)이나 풍경 자랑을 주로 했다. 한 번은 내게 "혹시 김녕 지나, 구좌읍 쪽에 있는 고양이 산에 가 봤어?" 하고 물었다.

"아니, 다랑쉬오름엔 가봤는데!"

"그랬구나."

(나중에 아빠에게 물었더니 "묘산봉 말이구나! 그 옆에 골프장이 두 개 있지."라는 답이 돌아왔다. 내가 원하는 답은 아니었다.)

"제주도 사람들은 우리 고양이를 아주 소중히 여겨…. 그러니 산에다 고양이 이름을 붙이는 것 아니겠어? 내가 이렇게 길에서 생활해도 전혀 불편하지 않은 것도 그래서이고…."

하지만 난 고양이의 이 말이 슬픈 과거를 잊기 위해서, 자신의 지금 처지를 스스로 위로하기 위해서 하는 말이라고 생각했다. 인기척이 나면 쏜살같이 집 뒤로 숨는 고양이를 보며, 우리 둘의 만남에 대해서 엄마 아빠에겐 절대 비밀로 해야겠다고 생각했다.

고단한 고양이를 위해 집안에 있는 내 사료를 내주고 싶었지만 늙어 문을 열 힘이 없었다.

그렇게 고양이와의 대화는 나만의 비밀이 되었다.

제주 산책

집 지키는 나의 수고(?)는 엄마 아빠로부터 아침저녁 산책으로 보상받았다. 아침 산책 코스는 일단 방을 나와 마당을 두세 바퀴 돈 다음, 대문을 나서서 돌담 골목을 지나 바닷가까지 갔다 오는 것이었다. 검은 돌담을 벗어나면 파란 양배추 밭이 나왔고, 그 옆으로 붉은 비트 밭이 이어졌다. 조금 더 걸으면 건너편 다육이 농장에서 하루도 빠짐없이 다육이 화분을 돌보는 아줌마 아저씨를 볼 수 있었다. 아빠와 나는 그렇게 걸어 바닷가 식당 앞, 노란 유채꽃 밭을 돌아서 집으로 왔다.

제주에서 산책하며 든 생각.
'강아지는 매일매일 산책시켜야 하는 법이라도 생겼으면 좋겠다.'

더 좋은 건 저녁 산책이었다. 매일은 아니었지만 저녁에 주로 차를 타고 가까운 해수욕장으로 갔다.
"우리 냉이 꼬리가 올라가는 게 얼마 만인지 모르겠네!"
아빠 말에 엄마도 덩달아 신나 하셨다. 거긴 넓어서 조심해야 할 것이 없었다. 무서운 것도 없었다. 파도 소리는 은은하게 들리고(내 귀에는 정말 은은하게 들렸다), 시원한 바다 냄새는 코뿐만 아니라 머리를 자극했다.

아빠는 바다 끝의 저 선이 수평선이라고 알려주셨다. 수평선 너머로 넘어가는 석양은 목포에서 본 것 이상으로 멋졌다. 엄마 아빠와 함께 걷는 바닷가는 마치 우리 가족 전용 해변처럼 느껴졌다.

산책을 많이 한 것. 내 입장에선 이게 제주 한 달 살이의 제일 큰 수확이다. 아빠가 모처럼 아빠 역할을 하신 거라고 할 수 있겠다. 배은망덕한 말이지만, 틀린 말도 아니다. 내 생각에 그렇다.

다시 벚꽃

다시 벚꽃을 말하려고 한다.

내가 못 본 걸 말할 수는 없다. 내가 듣지 않은 걸 쓸 수도 없다. 내가 알기론 엄마 아빠가 걷기만 한 것은 아니다. 걸으며 사색만 한 것도 아니다. 운동도 하고, 맛있는 식당과 명승지도 가고, 문화유적도 찾아다니고, 때맞춰 열린 전시회도 구경하신 걸로 안다. 그러나 나는 그것에 대해선 자세히 모른다. 그래서 쓰고 싶어도 쓸 수 없다. 다시 벚꽃을 말할 수 있는 건, 그 현장에 내가 같이 있었기 때문이다.

제주라서 우린 3월에 벚꽃을 볼 수 있었다. 내가 우리 가족의 일원이 된 게 벚꽃과의 특별한 인연 덕분이라고 생각하는 건 나만이 아니었다. 두 분은 벚꽃 구경을 간 3일 동안은 나를 꼭 데리고 다니셨다.

우리 차가 서귀포 위미리 벚꽃길을 달릴 때 엄마가 내 머리를 쓰다듬으며 말씀하셨다.
"냉이가 건강하게 제주 생활을 견뎌줘서 너무 고맙다."
정작 고마워해야 할 건 나였다.

말씀드리진 않았지만 정말 이런 생각이 들었다.
그리고 내 마음을 두 분도 알았으리라 생각한다.

벚꽃 구경으로 제주도 한 달 살이를 마무리한 건, 나에게
참 의미 있는 일이었다.

6장
시간은 흘러

"나의 기도는
받아들여지지 않았다."

늙는다는 것

'놀멍, 쉬멍, 걸으멍'. 제주 올레길에서 본 슬로건이지만 이건 내 삶의 모토이기도 했다. 그런데 나이가 들자 놀멍도 걸으멍도 쉽지 않았다. 참 쓸쓸한 일이다.

특히 내가 누구에게도 위로가 되지 못하는 존재가 됐다는 사실이 나를 쓸쓸하게 했다.

멋지게 늙고 싶었는데 너무 오랫동안 환자로만 산 것 같아 엄마 아빠에게 죄송스럽다.
무엇보다 개의 시간은 사람의 시간과 다른 걸 모르고 아빠처럼, 엄마처럼, 형처럼 살 수 있다고 자만했던 것 같다.
전적으로 나의 무지함 때문이다.

병원 가는 날

얼마나 멀어야 가지 않을까? 나이 들면 '병원 옆에 살아야 한다'고들 말한다. 하지만 나는 생각이 다르다. 병원에서 멀리 살았으면 좋겠다. 병원이 멀어 자주 갈 수 없었으면 좋겠다.

열 살을 넘기며 병원 가는 날이 많아졌다. 아빠가 "냉이야~" 하고 부를 때부터 병원에 가야 한다는 걸 알 수 있었다(내가 처음부터 우리 가족의 대화를 다 알아들을 수 있었다는 건 이미 말한 바 있다).

집으로 들어가 나오지 않으려고 했지만 아빠의 완력을 이길 수는 없었다. 꼬리가 다리 사이로 나도 모르게 말려들어갔고, 병원 주차장에 도착하면 온몸이 바들바들 떨렸다. 친절했지만 자신감 넘치는 수의사들이 의심스럽고 싫었다. 첫 병원 방문 때처럼 아빠가 수의사 말에 이의를 제기하고 내 편을 들어줬으면 했지만, 오히려 이제 아빠는 수의사를 향해 몸을 숙이고 그의 말 하나라도 놓치지 않겠다는 자세를 보이니…. 나는 모든 걸 포기하고 그들이 놓는 주사와 약과 잔소리를 순순히 받아들일 수밖에 없었다.

빨리 그곳을 벗어나고 싶은 마음에 순순히 수의사 말을 따르는 내 속마음을 모르는 아빠는 "엄마 아빠가 먹일 때는 그렇게 싫다고 하더니 선생님 말씀은 잘 듣네."라며 신기해하셨다.

그래도 입원이나 수술이 없는 날은 참을 만했다.

두 번의 수술

어릴 때 미용 도중 눈알이 빠져 응급조치를 받은 적을 제외하고는 난 비교적 건강한 편이었다(물론 시츄의 잔병치레는 피해 갈 수 없었지만). 하지만 나이 들며 털색이나 피부색이 차츰 변해가기 시작했다.

여기까지는 굳이 치료가 필요 없었지만 문제는 시츄의 고질병인 피부병이었다. 몸 여러 곳에 혹 같은 게 생기기 시작하더니 점점 커지면서 피가 나고 아팠다. 보기에도 흉했다.

결국 수술을 받아야 했다. 절차가 아주 복잡했다. 하루 전에 입원해서 혼자 자면서 링거를 맞아야 했고, 마취가 가능한지 각종 검사를 하고 수술 부위 털을 깨끗이 깎아야 했다.

수술 자체는 간단했다. 다리에 주사 한 방 맞은 기억밖에 없는데 잠시 후 나는 산소방에 들어와 있었다. 이렇게 간단한 걸 뭘 그리 호들갑을 떨었나 싶었다. 목에 칭칭 감아 놓은 붕대 덕분에 가족들의 동정심을 한껏 유발할 수 있었다(당연히 특제 간식이 주어졌다).

하지만 두 번째 수술 때는 입원 기간이 더 길었고, 퇴원 후

통원 치료도 더 오래 걸렸다. 문제는 두 번이나 수술한 후에도 피부에 다시 혹이 많이 생겼다는 점이다. 특히 왼쪽 눈꺼풀에 생긴 건 여간 성가신 게 아니었다.

아빠는 다시 한번 수술이라도 해서 떼어내 주고 싶어 하셨지만 병원에선 내가 마취에서 깨어나지 못할 거라고 반대했다. 나이 들면 의술도 쓸모없는 경우가 생긴다. 그렇다.

눈이 안 보여요

아빠의 아프다는 소리가 싫었던 나는 아파도 참고 말하지 않겠다고 다짐했었다. 그러나 말하지 않아도 드러나는 아픔이 있다. 심지어 많다.

나를 괴롭혔던 또 하나의 질병은 백내장이었다.
"아, 우리 집 시츄도 그랬는데…."
"시츄는 원래 그래요."
산책할 때 이런 말을 하도 많이 들어서, 다른 어린 시츄를 보면 너도 조심해야 한다고 일러주고 싶을 정도였다.
눈에 좋은 사료, 간식, 영양제, 건강식품…. 다 소용없었다. 열 살 무렵 오른쪽 눈부터 시작된 백내장은 양쪽 눈 모두로 번졌고 열네 살이 되면서부터 1미터 너머의 사물은 볼 수 없었다.

볼 수 없고 들을 수 없게 되면서 나는 겁쟁이가 됐다. 산책을 나가면 나도 모르게 꼬리가 내려가고, 아빠 냄새를 맡으며 겨우겨우 따라가야 했다.
"그래도 걷는 건 잘 걷네요."
사람들의 이런 칭찬이 그나마 위안이 되고 힘이 되었다.

소리가 안 들려요

'고흐'라는 사람은 귀가 잘 들리지 않게 되자(물론 이것이 유일한 이유는 아니었지만) 발작적으로 자신의 귀를 잘랐 다고 한다.

나는 귀를 자르지는 않았지만 잠이 많아졌다. 고흐가 '미 친' 거라면 나는 '바보'가 된 것이다. 열세 살 무렵부터 나 는 청각을 완전히 상실했다. 아주 자극적인 고주파 소리 만 겨우 들을 수 있었는데 그 소리는 나에겐 오히려 공포 였다. 무서운 게 하나 더 생긴 것이다.

나는 평생 '먼저 행동해 왔다'. 택배기사가 벨을 누르기도 전에 누군가가 온다고 가족들에게 먼저 알리고, 거실에 있는 전화기가 울리면 방에 뛰어가서 전화가 왔다고 알렸 다. 언제나 소리보다 내가 빨랐다. 가족들이 귀가할 때 현 관문 앞에 미리 나가 기다릴 수 있었던 것도 전적으로 귀 의 역할이 컸다.

그러나 열 살을 넘기며 점차 청각 능력이 떨어지자 현관 문 여는 소리를 듣고서야 누가 오는지를 알 수 있었고, 더 나중엔 엄마 아빠가 들어오셔서 나를 부른 다음에야 돌아오신 걸 알았다. 급기야 엄마 아빠가 들어오셔서 내 몸을 쓰다듬을 때야 알 수 있게 됐다. 참으로 미안하고, 황당하고, 무엇보다 스스로에게 화가 나는 일이었다.

나도 차라리 귀를 잘랐어야 하는 걸까?

침대 다리를 자르다

청각만큼은 아니지만 다리 힘도 급격히 떨어졌다. 관절도 문제였다. 내가 바닥에 자주 미끄러져 넘어지자, 두 분은 집 전체에 미끄럼 방지 패드를 깔았다. 패드가 너무 마음에 들었던 나는 마치 말의 *4절 보법을 흉내 내듯 으스대며 걸어, 엄마 아빠에게 고마운 마음을 표현하곤 했다.

그런데 얼마 지나지 않아 이번엔 침대가 문제가 됐다. 이미 오래전부터 아빠 침대는 내 침대이기도 했다. 어릴 땐 혼자 침대에 뛰어오르고 내리는 데 전혀 문제가 없었다. 그런데 나이가 드니 침대에 오르는 것조차 힘이 들었다. 엄마는 날 위해 침대에 오를 수 있는 계단을 만들어 주셨고, 그것도 별 효용이 없자 아빠는 아예 오랫동안 나를 위해 거실에서 주무셨다. 아빠와 같이 자는 건 좋았으나 이번엔 아빠의 수족냉증이 문제였다.

결국 안방 돌침대의 다리를 없애고 사용하기로 했다.

---

*4절 보법: 말의 네 다리가 한 발씩 순차적으로 착지하는 마장마술 기술. 평보라고도 한다.

결과적으론 내 다리가 시원치 않아 침대 다리를 자르는 모양새가 된 것이다. 전문가 두 사람이 왔다.

"야, 너 때문에 이 다리를 없애는 거라는데?"
"호강하네."

공연히 나에게 아는 척을 한 두 사람이 한 시간가량 작업 해서 침대 다리를 빼 버렸고, 그날부터 아빠와 나는 낮아 진 돌침대에서 따뜻하게 같이 잘 수 있었다.

근데, 이건 나를 위한 건가? 아빠를 위한 건가?
아빠를 닮은 나는 또 이런 쓸데없는 고민을 잠깐 했었다.

이사 간 미용실

낯선 곳에 대한 두려움이 생존 확률을 높이는 건 사람이나 강아지나 마찬가지라고 생각한다. 나도 그 유전자를 가졌는지, 낯선 곳이 너무도 싫다. 아빠를 닮아서 그런 거라고 나는 늘 주장했다.

나이가 들수록 점점 더 큰 병원으로 가야 했기 때문에 몇 차례 병원을 옮겨 다녔지만 미용만은 같은 곳에서 받으려고 했다. 미용 받을 때 스트레스를 많이 받기 때문이었다.

그런데 2021년 5월, 다니던 미용실이 이전을 하는 바람에 그곳으로 찾아가야 했다. 새로운 곳에 자리를 잡은 미용실은 이전에 비해 너무 밝았고, 너무 더웠다. 낯선 강아지와 낯선 사람이 너무 많았고, 직원들은 허둥댔다. 모든 게 낯설었다.

십 년 넘게 내 털을 깎아준 실장님이 평소처럼 나를 안고 미용을 했지만, 그날은 뭔가 허둥대는 느낌이었다. 실장님이 처음 만난, 낯선 사람처럼 보였다. 맥박이 빨라지고 호흡이 가빠지는 걸 느낄 수 있었다.

심장이 아파요

미용을 받고 돌아온 날 밤, 숨이 차서 잠을 잘 수 없었다.
자정이 넘자 내 호흡은 더 빨라졌다. 내가 눕지도 못하고
서서 헐떡거리자, 아빠가 일어나서 불을 켜고 나를 살피
셨다. 상태가 나아질 기미가 보이지 않자 아빠는 날 안고
24시 병원으로 달려갔다.

미용실에 다녀온 것 외에는 특별한 게 없다는 아빠의 말
에 수의사가 말했다.
"강아지가 그럴 때 스트레스를 많이 받습니다."
수의사는 앞으론 집에서 미용을 하라고 권했고 그 이후론
엄마가 집에서 직접 내 털을 깎아 주셨다(내 맘에 쏙 드는
건 아니었지만 어쨌거나 엄마표 미용으로 난 제주도까지
갔다).

X-Ray를 찍고, 심전도와 신장 수치를 검사하고… 또 뭐
가 있었는지는 잘 모르겠다. 아무튼 심장이 제 기능을 못
해 폐에 물이 차서 호흡이 가빠지는 거라는 진단을 받았
다. 일단 3일 정도 입원하고 약을 처방받기로 했다.

매일 가족들의 면회를 받으며 산소방에서 3일 동안 치료
받고 나니 호흡은 정상으로 돌아왔지만 이때부터 난 평생
심장약을 먹어야 했다. 제주도에서도 택배로 약을 받아먹
었다. 아빠는 매일매일 내가 잠이 들면 호흡 수를 쟀다(1
분에 30회를 넘기면 안 되었다).
이미 노인이었지만 이때부터 나는 노인 중에도 상노인 취
급과 대우를 받았다.

아빠 가슴에 머리를 기댈 때마다 느끼는 것이지만 내 심
장 박동 수는 아빠의 두 배도 넘는 거 같다. 호흡도 물론
내가 훨씬 빠르다.

아마 그래서 내가 더 빨리 늙은 것 같다.

주말농장: 노는 게 더 힘들어요

'4도 3촌'이란 말이 있다. 4일은 도시에서, 3일은 농촌에서 사는 라이프스타일이다. 아, 나도 가족들과 이 생활을 함께 하고 싶었었다.

아빠와 엄마는 아빠의 고향인 양평에서 농사를 지으신다. 4도 3촌을 실천하시는 거였고, 전원생활을 위한 준비였다. 밭에 간 날에는 캄캄한 밤이 되어야 돌아오셨다. 내가 심장약을 먹게 된 후로는 좀 서둘러 오려고 하시긴 했지만, 어쨌든 밭에 가신 날엔 다른 날보다 약 먹는 시간이 조금 늦어지곤 했다. 이걸 불안하게 여긴 아빠는 늘 나를 데려가고 싶어 했지만 내 건강을 염려한 엄마의 반대로 두 분만 다니셨다.

작년 5월, 고구마를 심어야 하는 날이 다가오자 아빠가 나를 불렀다.
"냉이야, 우리가 심는 고구마의 30%는 네가 먹는데 양심이 있으면 너도 고구마 심으러 가야겠지?"
이 말씀엔 오류가 있다. 우리 집에 가져오는 고구마의 30% 정도가 내 차지인 건 맞지만, 집에 가져오기도 전에 양평에서 친척들에게 직접 보내는 양이 훨씬 많다는 걸 난 잘 알고 있다. 뭐, 이게 중요한 건 아니고, 그 주엔 아빠 엄마가 워낙 바빠서 산책을 잘 못 시킬 수도 있으니 대신 넓은 밭에서 뛰어 놀라는 생각이셨던 것 같다.

"예전엔 모심기를 할 때, 일하는 사람들 뒤에서 농악대가 풍악을 울리고 노래를 부르고 했거든. 일하는 사람들 기운 내라고. 냉이 네가 그런 역할을 하면 돼."

약속대로 엄마 아빠가 고구마를 열심히 심으시는 동안 나는 농악대 역할을 했다. 노래 대신 고구마 고랑을 넘어 다니고, 전 주에 심어 놓은 토마토와 고추, 상추, 가지, 호박 사이를 경중경중 다니며 신나게 노는 방식으로.

그런데 그것이 일하는 것만큼이나 힘들었다. 돌아오는 차에서 호흡이 가빠졌다. 그날따라 아빠 차의 에어컨마저 시원하게 나오지 않았다. 내가 힘들어하자 엄마 아빠가 휴게소에 들러, 뒤편 나무 그늘에서 한 시간 정도 나를 쉬게 했다. 하지만 상태는 나아지지 않았다. 오히려 휴게소의 소란이 나를 더 혼란스럽게 했다. 집에 오자마자 우리는 병원으로 향했다.

검사 결과 이번엔 폐에 물은 차지 않았다고 했다. 의사는 아마도 더워서 그랬던 것 같다고, 하루 입원을 하라고 했다.

나이가 들고, 기력이 없어지면서 나는 집이 제일 좋았다. 그날도 집에 가고 싶었지만 내 의견을 적극적으로 말할 기력이 없어, 그냥 수의사와 아빠의 의견을 따랐다.

주말농장 체험은 그렇게 입원으로 마무리됐다.

시간은 빠르게 흘렀고,
나는 급격히 늙어갔다.

6월, 조카가 태어났고

7월 초, 큰형이 분양받은 새 아파트에 입주했고

7월 말, 멧돼지가 고구마 밭에 들어와 세 고랑이나 파헤쳤다.

8월, 농장에서 수확물이 많이 나와 친척들이 많이 방문했다.

9월, 조카가 우리 집에서 한 달간 생활했다.

10월, 조카 100일 잔치를 했고 고구마와 들깨를 수확했다.

11월, 엄마가 대장 용종 제거 수술을 위해 하루 입원했다.

그 사이 내 시야는 더욱더 흐려졌다. 다리에 힘도 점점
빠졌지만 매주 산책을 거르진 않았다. 내 입맛을 돋우기 위해
엄마 아빠는 거의 매일 새로운 간식을 사 날랐다.

12월, 조카가 2주간 우리 집에서 생활했고, 같은 시기
역대 최강 한파가 몰아쳐 난 산책을 할 수 없었다.

그리고 2022년 마지막 날의 나는,
이미 절반은 이승에 절반은 저승에 있었다.

피할 수 없는

누구 때문일까? 나 자신이 뭘 잘못한 것인가?

확실하지만 믿어지지 않는 것이 있다. 막을 수 없는 그것

이 눈앞에 다가와 있을 때 어떻게 행동해야 할지 혼란스

러웠다.

자식 입에 밥 들어가는 것

외할머니가 자주 하시는 말씀이 있다.

"내 논 물고에 물 들어가는 것하고 자식 입에 밥 들어가는 것만큼 좋은 건 없단다."

죽기 일주일 전 무렵부터 나는 밥을 먹지 않았다. 내가 곡기를 끊자 아빠는 노심초사했다. 아빠는 내가 죽고 난 후보다 죽기 전 일주일을 훨씬 힘들어하셨던 것 같다. 내가 보기에 그랬던 것 같다는 거다. 아빠 마음까지는 잘 모르겠다.

'자식 입에 밥 들어가는 것/극락이구나'라고 노래한 양반이 있듯이 '자식이 밥을 안 먹는 건 지옥'인지도 모르겠다.

식사를 잘 못하신 아빠의 몸무게는 눈에 띄게 줄었고, 핼쑥해진 얼굴에 내가 다 걱정이 될 정도였다. 내가 좋아했던 것이나 좋아할 만한 것으로 아빠는 하루에 하나씩 새로운 간식을 사 오셨다. 하지만 어느 것도 내 입으로 들어가진 못했다. 내가 통 먹지를 않자 아빠는 안절

부절못하셨다. 아침에 출근하면서는 뭐든 먹여보라고 엄마에게 신신당부를 하셨고, 내가 뭘 먹었는지 안 먹었는지, 물은 마셨는지 안 마셨는지 두 분은 수시로 연락을 주고받았다.

아, 불효인지 알았지만 나도 어쩔 수가 없었다. 이건 그 이상의, 어떤 섭리의 문제였다.

마지막 음식, 사과

역시 엄마는 달랐다. 아빠는 내 몸에 좋은 걸 먹이려고 하셨지만 엄마는 내가 좋아할 것 같은 걸 주셨다.

내가 도무지 먹으려 하질 않자 엄마는 사과를 잘게 썰어서 주셨다(산이 많아 강아지에게 안 좋다고 아빠가 금지시킨 사과를 말이다).

아… 지금도 그 신선한 향을 잊을 수 없다. 얼마든지 먹을 수 있을 것 같은 기분으로 먹기 시작했는데, 결국 그조차 많이 먹지는 못했다. 그 사과는 내가 먹은 마지막 음식이었다.

"냉이야, 먹지 않으면 죽어요."
걱정이 듬뿍 담긴 엄마의 이 말은 맞기도, 틀리기도 했다.

마지막 진료

내가 내리 3일을 굶자 아빠는 나를 병원에 데리고 갔다.
나는 아빠 품에 안긴 채 진료를 받았다. 수의사는 나를 만
져보지도, 포대기에서 꺼내 보라는 말도 하지 않았다.

"한 달은 살 겁니다."

"아무것도 안 먹는데 한 달을 사나요?"

"네. 물만 먹고도 한 달은 살 수 있습니다."

"그럼 입원해서 치료를 받으면요?"

"그건 검사를 해봐야 알 수 있습니다."

"그럼 입원해서 검사를 하도록 하죠."

"근데 제 생각엔…."

"검사를 권하지 않으시는 건가요?"

"네… 제 생각엔 치료하더라도 한 달 정도 차이밖에 나지
않을 것 같습니다. 일종의 연명치료지요."

"그럼 링거라도 맞혀줄 수는 없나요?"

"링거를 맞으려고 해도 검사를 해야 합니다."

"…"

아빠가 날 입원시킬까 봐 걱정이 됐다. 그냥 집에 가고

싶었다. 엄마 아빠와 같이 있고 싶었다. 침묵을 지키던 아빠가 어렵사리 입을 뗐다.

"그럼… 며칠간 변화를 보고 판단하도록 하겠습니다."
"혹시 모르니 화장장을 업무과에서 안내해 드리도록 하겠습니다."

마지막 품위

수의사의 말과는 달리, 나는 한 달이나 더 살진 못했다. 그러나 품위 있게 죽고 싶었던 내 마지막 바람대로는 되었다고 생각한다. 나는 보이지 않는 눈, 들리지 않는 귀를 가지고도 걸음 수와 냄새를 기억해 물통에 물을 먹으러 갔고, 마지막까지 정확히 패드 위에 오줌과 똥을 누었다. 아빠가 물통과 패드를 침대 가까이에도 가져다 놓았지만 나는 그 사실을 잘 몰랐다. 이미 새로운 걸 익힐 정신이 없었다.

먹는 것도 없는데 왜 똥은 나올까? 아빠 침대에서 패드까지 가는 게 쉽지 않았다. 그리고 예전처럼 예쁜 똥을 눌 수가 없었다. 몇 차례 피와 변이 섞인 설사를 한 뒤 그 위에 주저앉기도 했다.

병원에 다녀온 지 나흘째 되는 날 밤, 잠을 이룰 수 없었다. 아빠도 무슨 느낌을 받았는지 잠에 들지 못하고 계셨다. 자정 좀 지나서 화장실을 다녀오신 아빠가 나를 보고 놀란 듯 말씀하셨다.
"냉이야, 넌 어쩜 이렇게 아기 때처럼 뽀얗고 예쁘니?"

심지어 사진도 찍으셨다.

죽은 후에 그 사진을 봤다. 내 눈엔 뽀얗지도 예쁘지도 않았지만 적어도 품위를 잃은 것 같지는 않았다.

벚꽃에서 시작하여 장미로 마감하다

정말 힘겨웠지만, 숨이 끊어지기 얼마 전까지도 나는 패드까지 걸어가서 대소변을 봤다. 그러나 다리에 힘이 없어 아빠 침대로 돌아올 수가 없었다. 몇 년 만에 처음이자 마지막으로 '깨갱' 소리를 냈다. 소리를 듣고 아빠가 곧바로 달려와서 나를 화장실로 데려가 씻겼다. 죽기 세 시간 반 전에 목욕이라니… 나쁘지 않았다.

침대에 누워, 곧 내가 죽는다는 사실을 알 수 있었다. 아빠 엄마에게 사랑한다는, 고맙다는 말을 꼭 하고 싶었다. 그래서 세 번, 아빠를 불렀다.
'컹! 컹! 컹!'
내 말을 알아들은 아빠가 이내 일어나서 나를 안고 엄마를 부르셨다.

'아, 엄마! 그 넘치는 사랑을 15년간 어떻게 숨기셨어요?'
'아빠! 제발 그만 우세요!'

엄마의 위로와 기도, 아빠의 따뜻한 손길 속에서, 나는 눈을 감았다. 내 숨이 끊어지자 아빠 엄마는 내가 제일 좋아하던 옷을 입힌 후, 커다란 상자에 깨끗한 담요를 깔고 나를 눕히곤 얼굴을 깨끗이 닦아주셨다. 내가 먹던 심장약, 아빠가 사 온 뜯지도 못한 밥과 간식, 내가 가지고 놀던 장난감은 보공 삼아 같이 넣으셨다.

엄마는 급히 달려온 큰형을 데리고 새벽 꽃 시장에 가서 흰 장미를 한 아름 사 오셔서 나를 감쌌다. 결국 화장장에서 태워질 때 나를 감싼 건 오직 장미였다. 옷과 장난감, 밥과 간식은 완전히 태워지지 않는다는 이유로 화구에 함께 넣을 수 없었던 것이다. 장미에 싸인 나를 보시곤 아빠가 말씀하셨다.

"우리 냉이가 정말 신사답게 생겼구나."

엄마는 "장미와 아주 잘 어울리네요."라고 나지막이 답하셨다. 끊이지 않는 세 분의 울음소리에 울적했던 나도 이 말에 좀 위안이 되었다.

가족과 이별의 순간에 생각해 보니 우리 가족과의 인연은, 그리고 내 삶은 벚꽃과 함께 시작하여 장미와 함께 마감된 셈이었다.

서로 거짓이 없는 사이는 언젠간 또 만나게 된다는
아빠의 말씀을 나는 믿는다.

아빠와 나, 엄마와 나, 큰형과 나, 작은 형과 나.
우리 사이는 언제나 진실했고 지금도 그렇다.

나는 천국에서 기다릴 것이다.
아니, 꼭 천국이 아니어도 좋다.

냉이의 맺음말

이 자서전은 지금 유골 상태로 우리 집 거실에 놓여있는
나를 영원한 안식처에 묻을 때 함께 넣었으면 좋겠다는
아빠의 소망을 들어드리려고 내가 쓴 것이다.

나는 안다.

이 글에 엄마 아빠가 몇 마디 덧붙이고 싶어 하신다는 걸.

나를 위로하는 말씀을 하고 싶어 하신다는 걸.

하지만 내 글에 엄마 아빠의 말씀은 한마디도 보탤 필요가 없다. 내가 누구보다, 심지어 두 분 자신보다도 두 분의 마음을 잘 알기 때문이다.

그래서 장미와 함께 화장(火葬이 아닌 花葬)한 나와 어울리게, 장미의 시인 '라이너 마리아 릴케'의 묘비명을 차용한 나의 묘비명으로 이 글을 마무리하고자 한다.

장미여, 오, 순수한 영혼이여

겹겹이 싸인 입술들 속

침묵의 대화이고 싶어라.

냉이 아빠의 말

가족의 죽음을 맞이하면 고인과의 좋은 순간보다는 아쉬운 순간이 더 생각난다. 할머니 때도 그랬고, 아버지, 어머니가 돌아가셨을 때는 더욱더 그랬다. 좀 더 살갑게 대할걸, 건강을 더 챙겨 드릴걸, 내 마음을 더 자주 전할걸, 좋은 곳에 더 많이 가고, 맛있는 것을 더 많이 사드릴걸… 그 생각들은 참으로 질겨 수십 년이 지난 지금까지도 머릿속에 불쑥불쑥 떠오른다.

지금은 '냉이'가 그렇다. 냉이와 15년을 함께 하며 난 '세상에 어떻게 이렇게 순수한 영혼을 가진 존재가 있을까?'라는 생각을 하곤 했다. 소중하고 위대한 동물의 가치를 냉이를 통해 알게 된 것이다, 참 늦게.
누워 있는 내게 가만히 다가와 머리를 기대던 냉이가 떠오른다. 주먹만 한 머리통이 내 가슴에 닿은 순간. 그 순간을 잊을 수 없다. 어느 작가가 말한 'Timeless Moment in Time', 혹은 어느 철학자가 말한 '참의 순간'이 바로 이런 것일까. 그 어떤 거짓도 끼어들지 못하는, 오직 진실만이 존재하는 순간을 경험했다. 냉이는 나에게 그런 존재였다.

오랫동안 우리 인간이 개를 어떻게 대했는지 생각하면 종종 부끄러워진다. 인간은 개를 모질게 대했을 뿐 아니라 온

갖 열등하고 보잘것없고 나쁜 것에 '개'라는 말을 붙이지 않았나. 그래서 나는 누군가 냉이를 '개'라고 부르거나 표현하는 게 불편했다. "개 키우세요?"라는 질문을 들을 때면 공연히 불쾌감이 올라와 "아뇨!"라고 답한 적도 있다. 다시 한번 고백하건대 냉이는 나에게 반려견 그 이상이었다.

다시 제일 앞, 파블로 네루다의 말(詩)로 돌아가 보자. 냉이와 15년을 보내고 난 지금, 나는 그의 말에 전적으로 공감하게 됐다. 그런데 그의 말대로 천국에 갈 수 있는 것이 사람보다 개라면, 우리 인간만이 진리를 고구(考究)한다는 생각은 옳은가? '개는 개일 뿐'이라는 주장은 타당한가?

'모든 개는 지금보다 더 많이 존중받을 권리가 있다. 그렇게 할 때 인간의 삶도 더 풍요로워지고, 더 행복해질 것이다.'

냉이가 이 책을 통해 하고 싶은 말은 아마 이것이었으리라 확신한다. 다만 그렇게 하기 위해서는 개들이 이런저런 훈련을 받고 있듯이 사람들도 다른 종류의 훈련을, 어쩌면 더 철저히 받아야 할지도 모르겠다.

냉이야, 고마웠다.
사랑해.

냉이가 아빠에게

초판 1쇄 발행 2023년 9월 9일
지은이 강덕응

발행처 이야기나무
발행인/편집인 김상아
기획/편집 김소담
홍보/마케팅 조재희, 전유진, 장원석
디자인 김지애
인쇄 우리인쇄

등록번호 제25100-2011-304호
등록일자 2011년 10월 20일

주소 서울시 마포구 연남로13길 1 레이즈빌딩 5층
전화 02-3142-0588
팩스 02-334-1588
이메일 book@bombaram.net
블로그 blog.naver.com/yiyaginamu
인스타그램 @yiyaginamu_
페이스북 www.facebook.com/yiyaginamu

ISBN 979-11-85860-67-1 [03810]

값 15,000원